こいわずらわしい

メレ山メレ子

亜紀書房

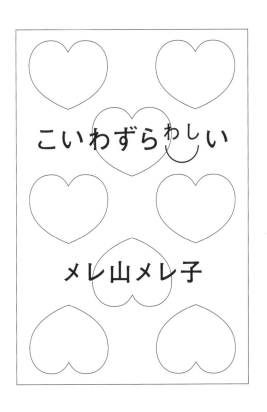

こいわずらわしい

メレ山メレ子

亜紀書房

もくじ

ブックデザイン　服部一成

こいわずらわしい

1

チョロ山チョロ子、恋に恋する

森に行きたい

微妙だったデートの話を、人から聞くのが好きだ。

いままでに聞いた中でいちばん好きなのは「リトアニアにいたとき、いっしょに森に行った彼が針金を取り出してダウジング[*1]で地中に埋まった古い銀貨を探しはじめ、しかもこっちにはぜんぜん針金を貸してくれなくて、見ていたらめちゃくちゃ蚊に刺された」という話だ。見つけた銀貨を一枚でもくれたらちょっと嬉しいかもしれないが、当然のように独り占めだったらしい。

北欧の森。きっと色鮮やかなキノコや野いちごやふかふかの苔が生えていて、小鳥やリスがいる素敵な場所（行ったことないけど）。そこでまじないじみた手法で古い銀貨を探すなんて、体験を分かちあえばどんなに楽しいだろう。

一方これが「彼氏の会社の休日フットサルイベントに連行され、知らない人と作り笑顔で会話しながらフットサルを観せられる」とか「自分の誕生日になぜかウインズ渋谷[*2]に連れて行かれ、お金がなくなったと回転寿司をおごらされる」だったら、地獄の要素しかなくて悲惨度は高いが全体の印象としては平板であり、さほど心に残らないエピソードとなる。ダウジングデートin森は「余暇のセンスは最高⇕でもデートとしては成立していない」という落差が、高い印象点を叩き出す。ちなみにウインズ渋谷は大昔、わたし自身に起きたことである。

銀貨探しデートの話をはじめて聞いたときは「どんなに素敵な人でも、ダウジングする背中を見ているだけというのはちょっと……」と哀しみをおぼえたはずだった。しかし、時が経つにつれ「森に連れて行ってもらえるだけでも勝ち組」というあこがれのほうが大きくなってきている。

大半は不純な動機からである。わたしは生きものを観察したり石を拾ったりするのが好きだが、森や海など良いフィールドは車でないと行けないところが多く、だれかに運転してもらいたいのだ。わたしという人間が卒検に三回落ちながらも運転免許を取得してしまったのは完全に制度上の欠陥であり、運転だけはぜったいに自分ではしたくない……。

「これは彼氏がほしいのではなく、車の運転を気安くお願いできる人間がほしいだけだと最近気づいてしまった」と方々で話していたら、先日「わかります。わたしも恋人ではなく、湯たんぽか電気毛布がほしいだけだと気づいてしまいました」という友人が現れた。この例だと自動運転車と暖房器具によって恋人に求める大半の機能が消滅する。人工知能が人間の仕事を奪うよりも早く、テクノロジーが恋愛から不純な動機を奪い去る。たいへん結構なことである。

そもそも恋人にフィールドに連れて行ってもらうドライブデートなんて一度もしたことがないので、最初からすべて妄想であったとも言えるわけだが。

このように「恋人がほしい」とか「結婚相手がほしい」という言葉には、人によって実にさまざまな欲が詰まっている。「共に支えあい慈しみあえる人がほしい」から「なんだか真人間っぽい印象を周囲に与えたい」とか「さびしい人間だと思われたくない」「自分ひとりだと生活が荒れるので、食事や服装をちゃんとする動機がほしい」とかもそうだろう。

そこからパートナーシップを結ばず、別の人やものでも満たせる動機をひとつひとつ取っ払っていくと、人と人が一対一でいっしょにいる約束をすることに何が残るんだっけ、とよく思う。恋愛でないと満たせない動機が不純だと言いたいわけではないが、それって必ずしも恋愛で無理に実現しなくてもいいのでは？と思うことは多い。

だれかと喜びを分かちあいたいとか、人といないとさびしいという気持ちはわたしにもある。しかしひとりで居たいときにだれかが横にいることで死ぬほどイライラしたり、この人にだけはわかってほしいというタイミングで崖から突き落とされたり、幸と不幸の振れ幅が大きくなっただけで長い目で見ればプラマイゼロ、いやはるかにマイナスだったということもある。

世間の例を見ても恋愛では、仕事や学業や友人・家族関係までグダグダになったり、大ダメージを受ける人が少なくない。たまに死者も出る。こんな危険なものが人生で経るべき必須ステージだみたいな世迷言は撲滅し、早いこと「変わった趣味のひとつ」とか「限界に挑戦したい人向けのエクストリームスポーツ」という位置に置いたほうがいい。そうすれば、伴侶がいてはじめて一人前扱い、というふざけた幻想もなくなるだろう。

と書いたが、わたしもこの競技に何度も挑んだことがある。いざエクストリームスポーツの予感を感じると、とんでもなくわくわくしてしまう。冷静ぶっているわりに、困ったことにかなりの恋愛体質だ。恋愛しているときは瞳孔が開き、皮膚がざわつき、感性がふだんの十倍豊かになる気さえする。

しかし瞬間的には夢中になっても、熱が冷めてくると「あのときは正気ではなかったのでは……？　すべてが虚しい……」という気持ちになる。この人と恋愛しなければずっと良い友達で、いろんなことを話せたのになと思うこともある。結婚も一度したけれど、結局離婚することになった。「恋愛ってほんとーにいいものですよね！」とか、「人生は真実の愛を探すための旅だよね！」という言説を見るたびに目が死んでいく。

そもそも、わたしは集中力を多方面に割くのが非常に苦手な性格だ。手持ちの少ないコミュニケーション資源を、目の前のひとりに注いでしまっていいのだろうか。だれかに好き放題甘え、甘えられているときよりも、孤独でいるときのほうが友人や職場の人といい関係を作ることに注力でき、結果もっといい人間、自分が自分でこうありたいと思う人間でいられるのではないか。恋をしていないときや終わりかけているときはもちろん、恋愛の真っただ中にいるときも、そんな考えはよく浮かんでくる。できれば恋愛などに振り回されず、穏やかな心持ちで、ひとりを楽しみ他人を大切にできる人間として暮らしたい。

でも一方で、だれかを好きになったら気持ちのままに身勝手で大胆なことができる人間でもありたい。

とりあえず、自力で森に出よう。電車で、タクシーで、友達を巻きこんで。いろんな森で落ち葉の湿ったにおいを吸いこんで、だれと森に行きたいのかはそのあと考えよう。

そういえば銀貨の彼は、ひとりでも行ける宝探しに何を求めて彼女を連れて行ったのだろうか。知る由もないが、いつか訊いてみたいなと思う。

＊1　ダウジング：L字型の針金や振り子を使って、微細な揺れを手がかりに地下の水脈や鉱脈を探す手法。なお、科学的な有用性は証明されていない。

＊2　ウインズ渋谷：日本中央競馬会の場外馬券売り場。せめて本物の馬がいる競馬場ならすこしは楽しめたかもしれない。

甘いにおいに誘われたい

恋愛無条件賛美派とは言い難いわたしがこうして恋愛についての文章を書くことになったのは、「モテを考察する」というテーマのオウンドメディアへのウェブ連載がきっかけである。では、そもそもなぜわたしに「モテ」についての連載依頼が……？ それは海中のハマグリが吐くまぼろしのような、何かの間違いだったとしか言いようがない。

モテたいかモテたくないかといえば、それはモテたい。しかし、「パステルカラーの女らしい服を着ましょう」的な、個性を矯めたりおとなしさを装うたぐいの「好かれる努力」ははなからする気がない。昆虫関係のイベントを開催したりアフリカで棺桶を作ったり[*1]する女、つまりほどほどに奇をてらうタイプの女であるわたしがいまさらそれをやったところで効果は期待できない。

可能性を顧みずに言えば、他人を魅力で圧倒するような好かれ方をしたい。つまり「モテ」というよりも「魅了」である。ヒグマや大蛇に出会った人間が恐怖に立ちすくむような、そのくらい強烈なインパクトを相手に与えたいのだ。「蛇に見込まれた蛙」という言葉もあるが、ヘビに凝視されたカエルはほんとうに動けなくなるのだろうか？　少なくとも、わたしは見たことがない。かわりに脳裏に浮かぶのは、昆虫研究者である小松貴さん[*2]が撮影した、フサヒゲサシガメという虫の一種がアリを釘づけにする場面だ。

サシガメは肉食性のカメムシの仲間だが、まるで毛蟹のように剛毛に覆われた奇怪な姿をしている。フサヒゲサシガメは不思議な液体を分泌しアリを誘う。アリはそれを舐めるとしびれて動けなくなり、フサヒゲサシガメは鋭い口吻をアリに突き刺して体液を吸うのだという。甘いにおいに誘われたあたしはかーぶとーむーしー、の「か」あたりで死が訪れる。カブトムシじゃなくてアリだし。

アリが頭を伸ばし、フサヒゲサシガメに近づこうとする決定的瞬間が頭に残りすぎ、魅了や誘惑といったキーワード群にふれるたび、このイメージがよぎる体になってしまった。

職場を盛り上げるために会社の命を受けてワッショイワッショイと乱入してくるラグビー部、地権をめぐる争いを不法に解決するために建物をぶち壊すブルドーザー、開かずの踏切をノコギリで切断。いずれもネットを騒がせたシュールで圧倒的な暴力のニュースであり、わたしの心を淡くときめかせる。

もちろんこれらにはハラスメントの気配、もしくは明確な違法要素があり、やられたほうの災難を考えると称揚できるものではない。その点、魅了はいい。魅了したあと鋭い口吻を突き刺したら違法だが、魅了自体は合法かつ圧倒的な他者への強制力であり、さらに被魅了者も恍惚感を感じられる。


人気俳優が本業でありながら、クリエーターイベントにも出展して、制作したアクセサリーをみずから販売している男性がいる。もちろんファンもひと目会うためにイベントに来るのだが、そこでマジな魅了の光景が繰り広げられていた、という話を聞いた。

ファンの女性がお買いものに来た。展示品の中に十万円を超える一点もののネックレスがあり、資金は用意しているけれど、なにしろ高価なものだからちょっとためらってしまう。するとその人は、お客さんの前から（前から！）スッと腕を回し、首のうしろで留め金を留めてあげながら「ぼくも自分用に着けているんです。おそろいだね！」と言ったのだそうだ。魅了である。わかってやっているのかどうか知らないが、完全に魅了である。

そのあと、別のファンの女性が来場して「あのネックレス、売れちゃったんですね

……買いたかったのになあ」と残念がった。すると、作家さんは自分の首からネックレスをシャラッと外し
「ぼくが身に着けていたものでもよかったら……」
と首にかけてあげた。まさかの魅了第二弾、追い魅了だ。

わたしもその方を見かけたことがあるが、たしかに神々しいオーラを放っていた。ちょっとオラオラ風味のあるアプローチは好みが分かれそうだが、だからこそ好きな人にはたまらないだろう。

「イケメンであることに照れがないイケメンの推しにそれだけもてなされて、しかも〝作品を買う〟という課金手段がそこに用意されていたら、めっちゃ気持ちよく札びら切れそう……」

とため息をつくと、その話をしてくれた友達も「そうなんだよ！　同性から見てもかっこよすぎてドギマギするんだよ！　近くに寄っただけでもいいにおいがするし」と同調する。

「いいにおい」というキーワードで思い出したのが、冒頭のフサヒゲサシガメである（我ながらひどい）。すかさず「わたしもファ〜〜ってなってみたいな。ファ〜〜って」と、ファ〜〜のところでフサヒゲサシガメに魅了されるアリの表情を再現しようとし

たが、焼肉屋ではフサヒゲサシガメという生きものについて十分な説明をしきれなかったこともあり「え……それがメレ山さんの〝女〟の顔なの……？」「ちょっと期待外れかな……」と、テーブルに残念ムードが漂った。

想定外の方向からディスられ、動揺したわたしは「これは女の顔じゃなくてアリのモノマネだから！　アンタだって身近にいる女がショートボブなら全員好きになるくせに！」と本題に関係ない悪罵で反撃し、深く傷つけあった。モテざる者たちによる、どこまでも不毛ないがみ合い。モテる人が、そのきらきらしさで多くの人を幸せにしているというのに……。

のんきに「魅了」を異能として羨ましがっていられればよかったのだが、やはり魅了には覚悟と体力が必要らしい。聞くところによれば、その俳優さんは片時もブースを離れず、当日は水の一滴も口にせずトイレにも行かない。ファンが自分に会えないことが万一にもないように、だ。ストイックすぎる。

イベントに出ていてもついフラフラと他のブースをのぞきに行ってしまい、ブースに居る時間より居ない時間が長くなりかねない身としては（比べるのもおそれ多いが）耳が痛い。ユーザーイベントは出展者も楽しむものとはいえ、やはり「魅了」が仕事の人は心構えが違う。せめてわたしも、魅了までいかずとも他人を楽しませるために見習えるところは見習おう、と思ったのだった。

魅了者だけでなく被魅了者にも、体力と根性は要る。これは周囲のオタクの友達を見れば言わずもがなだ。

というわけで、いまのわたしのポジションは「人々が繰り広げる魅了と情熱の攻防に見とれているあいだに巣仲間からはぐれ、葉っぱから落ちてきた水滴におぼれて死ぬ」系のアリである。そして、いまわの際にほかのアリがこっちに来ないよう「キケン コッチ クルナ」とフェロモンで警告メッセージを書き残すのだ。いや、死ぬ間際だけでなく、わたしの書くテキストはだいたい「こっちはアカンでしたわ」という血文字かもしれない。

それもまあ悪くないアリ生だが、どこかの来世では魅了したりされたりにも巻きこまれる体力を身につけたいものだ。

＊1　アフリカで棺桶作り：アフリカで自分のための棺桶を作ったいきさつについては、前著『メメントモリ・ジャーニー』（亜紀書房）に詳しい。

＊2　小松貴さん：ブログは http://sangetuki.blog.fc2.com/。アリと深く関わりをもつ生物についての『アリの巣の生きもの図鑑』（丸山宗利らとの共著、東海大学出版会）などの著作がおすすめ。

十九文字でダメだった

数年前の夏のある日、とんでもないメールが舞いこんできた。資生堂の広報誌「花椿」[*1]で、歌人の穂村弘さんと対談する企画の打診だ。さらにアラーキーこと荒木経惟さんによる写真撮影があります、と担当の方からのメールには書いてある。昆虫への愛について書いた本『ときめき昆虫学』（イースト・プレス）を、編集者が穂村さんに献本してくれたのが発端のようだ。

Facebookに「わ、わたくし……どうやら穂村弘さんと対談することになったみたいです……」と友達限定で報告したら、特に女性たちからすごい反応があった。その反響率たるや、文化系の人間は全員穂村さんの虜なのかというレベル。出版や短歌を通じて会ったことがある人たちは、穂村さんがどれだけ素敵か、そしてどれだけモテるかをコメント欄でこぞって語ってくる。そのエピソードを見るに、穂村さんが恋多き男とかいうわけではなくて、ご本人は淡々としているのにまわりの人間がどんどん正気を失っていくようなのだった。これは、羨ましいというより大変そうなレベル。

エッセイなどで見せる淡々としつつちょっととぼけた風情と、恋や愛について詠まれた激しい歌のギャップにまいっちゃう人が多いのかもしれない、と、わたしは家に送られてきた穂村さんのエッセイと歌集を読みながら思った。対談前に著作を数冊送っていただいていることに、企画担当者の「予習しといてよねッ」という意気込みを感じる。緊張する……。

撮影で何を着るか、というのも悩みの種だった。わたしが出るのは「穂村弘の、こんなところで[*2]。」というページで、穂村さんと回替わりのゲストが対談するものだ。事前に「ご参考になれば」と送られてきた画像は作家の川上未映子さんの登場回。もちろん美しく堂々とされていて、お召し物も果てしなくオシャレ。「ご参考になるかっ!!」とパソコンを投擲しそうになった。

対談の日が近づくにつれナーバスになっていき、卑屈がこうじて謎の反抗心まで生まれてきて「もう嫌だ……対談行きたくない」「なーにがほむほむだ!! どいつもこいつもデレデレしやがって、ワシャ屈せんぞ!」と暴言を口走るわたしに、友達のツツイくんが「そうだ! 文化的な職業の男なんていけすかない! 対談が終わったら居酒屋で飲もうぜ」と調子を合わせる。「メレヤンはインテリに弱いからな〜」と、よく的確な罵倒をしてくるツツイくんは、基本的にモテる男が嫌いなのである。

対談当日、銀座の資生堂ビルに向かったわたしは、まず荒木経惟さんにソロの写真を撮られることになった。メイクは資生堂のメイクアップアーティストさんにしてもらって、強いストロボにも負けないはっきりした顔になる。肉眼だと迫力がありすぎてちょっとこわい。

オシャレかどうかはともかく夏らしく涼しげにと思い、水色のタンクトップの上に投網のような素材のゆったりしたカットソーを重ねていたのだが、「せっかくおっぱいがでっかいんだから隠しちゃダメだ！」のひとことで投網は奪われた。胸はともかく二の腕を隠したい……と思ったが、アラーキーがイメージ以上にアラーキーで、拒否するという選択肢は浮かばなかった。

「雌豹の気持ちになって！　いいね〜！　ぎこちないね〜!!」

メレ子には雌豹の気持ちがわからぬ。メレ子は、村の牧人である。週五は会社員、週七はネット弁慶で暮らしてきた。

さらに穂村さんとのツーショットを、銀座の路上で撮ることになった。「その街路樹にふたりで手を重ね合わせて置いて！　もっと指をからませて！」と指示が飛ぶ。雌豹もいま思えば必然性ゼロだが、完全に雰囲気に呑まれていた。

穂村さんが近い。まだ挨拶くらいしかしていないが、たしかに落ち着いた雰囲気を漂わせている。レフ板を持ったアシスタントさんや関係者に囲まれ、通行人が怪訝な顔で通りすぎる。網も奪われて、もはや打ち上げられた魚だ……と気も遠くなりかけるわたしに、穂村さんがそっと言った。

「メレ山さんの恋人は、嫉妬とかするほう？」

うわー!!

わたしが穂村さんの立場なら、気遣うつもりで「仕事とはいえこんなに近づいちゃってすみません」とか「メレ山さんに恋人がいたら、こんな写真が載るとやきもちを妬かせてしまうかもしれませんね」と言ってしまうと思う。しかしそれではぜんぜんニュアンスが違う。端的で、関係性によってはとてもひそやかにも聞こえる。「メレ山さんの恋人は、嫉妬とかするほう？」三十一文字どころか十九文字でノックアウトだ。

言葉が職業の人、すごい。ぜんぜん口説かれてないのに、勝手に流れ弾に当たっている。これは、災厄のごとくモテるわけだわ……華やかすぎる場とモテへの反感も、なけなしの正気もみんな遠くのお山に飛んでいくのを感じたが、「あっ、いえ……フヒヒ……」みたいな気持ち悪い答え方しかできなかった。

フワッフワの気持ちで酒場に入ると、待っていたツツイくんは「おつかれ！　どうだっ…」と言いかけて「メレヤンが！　女の顔になってる!!」と騒ぎはじめた。

それから現在にいたるまで、わたしは友人たちから「チョロ山チョロ子」という蔑称で呼ばれることになるのである。

＊1　花椿：現在「花椿」は月刊誌としての刊行を終え、紙とウェブのクロスメディア形式で存続している（https://hanatsubaki.shiseido.com/jp/）。
＊2　穂村弘の、こんなところで。：この対談シリーズは、二〇一六年に単行本にまとまってKADOKAWAから刊行されている（メレ山も掲載いただいています）。

まぼろしの糸

星野源がこわい。星野源といってもそれはわたしの妄想の中の星野源の虚像であることは言うまでもないが、とにかくこわい。

音楽・演技・執筆の才能があり、もはや知らない者はないくらいお茶の間に浸透していながら、ひとりでも多くの人に名前を覚えてもらうために歌の最初に「こんにちは星野源です！」あるいは最後に「ありがとうございます星野源でした！」と叫ぶほどの謙虚さと貪欲さ。犬のように人なつこい笑顔と、根暗な影の部分を併せ持っている。そんな人間が行動圏内に存在したら、もともとの好みのタイプなんて関係なく好きになるに決まっている。

しかしさらに恐ろしいのは、その才覚に惹かれて近づいたら最後、めちゃくちゃになる未来が星野源の光背に透けて見えるところだ。

星野源はコミュニケーションにおいても超絶的に努力家で、自分のコンプレックスと向きあいロジカルに消化してきた人であるという。そういうエピソードを、インタビューやエッセイを積極的に追っていなくても何度か読んだことがある。

一方こちらは、彼のように自分を変えるよりも自分と同じような弱さを持つ人、自分を傷つけない人を嗅ぎ当てる嗅覚のみを鍛え、インターネットの一隅に落ち葉やタンポポの綿毛を集めてやわらかく小さいゴミみたいな巣を築いてきた。一代で身を興した人の経営する会社が往々にして従業員に対してハードな労働環境であるように、星野源がもし、自分に対するストイックさを同じ強度で他人にも求める人だったら。わたしはそのとき、立ち直れないくらいぼろぼろになれる気がする。


結婚とか収入とか長くつきあえそうとかの社会的条件を求めていなければ、長所や才能が何かに一点集中している「オモシロ全部」の人ともつきあえるはずだ、と想像してみるのはなかなか楽しい。

だが実際には、オモシロ全部の相手と社会的な障壁なしで向かいあったとき、こちらのおもしろがる能力――すなわち「器」――が試され、いっそう辛いことになる、というのが現実的な末路だったりする。

「一度はぜったいに好きになるんだよ！　でもどうやってダメになるかめちゃくちゃ想像できるんだよ！」と熱弁をふるったところ、おおかたの反応は「妄想乙」という冷ややかなものだったが、ある女友達が「それって……わたしの元彼じゃん！」と返してきた。

　彼女の元恋人は生物の研究者だ。生きものが大好きな彼女にとっては出会ったときからあこがれの存在で、海外の調査旅行にも同行したりして、はた目にも羨ましい交際ぶりだった。だが、いっしょに暮らす上での相性は良くなくて、生活リズムも合わなかった。「友達でいたときのほうが、彼の好きなところを享受できていた気がする……」と、彼女はずいぶん落ちこんでいた。

　相手の好きになったところが、ふたりでいっしょにいるために必要な資質と違うとき、人はだいたい不幸になっていく。人が「恋人ほしいなあ」とつぶやくとき、それは「つらいときやさびしいときに自分を理解して味方になってくれる人がほしいなあ」という意味合いも大きいと思うが、恋人にこそ開示したい心の脆弱な部分を才能ゆえの鋭さで切り裂かれたりすると、メンタルはもうしっちゃかめっちゃかになる。エクセルの表がPC画面上では完璧でも印刷すると必ずどこかしら文字が見切れるのと同じくらい、人類に搭載された大きな不具合だ。

　結局その日は彼女と「才能に惹かれてつきあうのって車にぶつかるようなものだから、たまに死ぬけどしかたないよね！」という結論に達し、さらにたくさんお酒を飲んだ。

『ファントム・スレッド』[*1]という映画を観た。

ロンドンで世界最高級のオートクチュールの仕立て屋を営むデザイナーのウッドコック。彼は異常に繊細かつ几帳面で、彼のドレスの世界観を体現する美しい女性を常にそばに置いている。恋人の体型が崩れてきたり、独占欲をあらわにして彼の静謐な生活を乱しはじめると、手切れ金がわりにドレスを与えて追い出してしまう。彼が求めているのは、十六歳のときに再婚用のウェディングドレスを仕立ててあげた母親のイメージで、その他大勢の女性たちはドレスの養分にすぎない。

ウェイトレスのアルマもそのひとりになるはずだった。彼女はいままでの女性たちに比べて美人ではないが、ウッドコックの母にそっくりな体つきで、彼にとってひときわ特別なミューズになる。彼女は美しい衣装に囲まれて、どんどん綺麗になっていく一方で、ミューズといっても実態はただのマネキンであることにすぐに気づき、苦しむようになる。品のいいお金持ちに見初められ、仲良く暮らしたかっただけなのに。

美意識が鋭すぎるマザコンの天才。自分がアルマの友達だったら、「ヨシッ！ 別れよう！」とアドバイスするしかないやつだ。「でも、ファッションショーとかで精根尽きて抜け殻になった彼ってとってもかわいいのよ、その数日だけは赤ちゃんみたいな彼を独占できるの」とのろけるアルマ。聞いてると若干イラッとするから、友人アルマとはしばらく距離を置きたい。別れてからだったら、いくらでも愚痴大会につきあえる。
アルマの愛情表現や苛立ちのぶつけ方はシンプルで、粗野だが魅力もある。「いいこと考えた！　あの〝わたしだけの赤ちゃん〟状態、人為的に（つまり一服盛って）再現すればいいやん！」と思いつき、実行する行動力を備えたアルマ。ウッドコックは食事に毒キノコを入れられて母の幻を見る。共にあるかぎり続くふたりの我の張りあいの中で、毒キノコはひとつの手段として自然に受け入れられる。えっなんでちょっと待って……と思いつつも、圧倒的に美しい映像になんとなく納得してしまうのだ。

現実では、関係に煮詰まってもなかなか毒は盛れない。たとえ毒を盛っても何も解決しないことがほとんどで、どちらか片方だけの我慢で成り立っている共依存関係も珍しくない。だが、まれにどちらも折れない我の張りあいが、映画よりも奇妙に成立してしまうこともある。どちらも一歩も引かずに歯が折れるほど殴り合うけどわりと仲良しの夫婦とかを見ていると、そういうものなのか……と人の奥深さに感心してしまう。

自然界に存在する「崖から落ちそうで落ちないので観光名所になっている巨石」みたいなもので、真似しようとしてできるものではないし真似したくもない。関係が心を蝕む前に、その人のもとを去ったほうがいい。でも、自分にとって眩しいものを持つ人が近くに来たら、それが長続きしようがしまいが、また懲りずに好きになってしまうんだろう。

＊1　ファントム・スレッド：二〇一七年公開のアメリカ映画。監督・脚本はポール・トーマス・アンダーソン。

2

恋の押し問答

追いこみ漁はすすめない

ひと昔前の恋愛漫画には、デートの誘いでよく「映画のチケットが余ってるんだけど、いっしょにどう?」という場面があった気がする。もちろん実際には余っているのではなく、デートのためにこっそりチケットを買った上で誘っているのである。誘う側の不器用さや、涙ぐましい努力を表すシーンだ。

なお、最近の恋愛漫画のデート事情についてはよく知らない。最近は、暗黒大陸へ向かう船の中で王位継承権をめぐって念能力で最後のひとりになるまで殺しあう漫画とか、アイヌの金塊の隠し場所が記された囚人の刺青人皮をめぐって北の大地で殺しあう漫画ばかり読んでいるからだ。

そういえば昔、微妙な距離感の男の人に「新聞屋さんが水族館のチケットを二枚くれたんだけど行かない?」と誘われたことがある。ディテールの細かさから、あっこれは事実チケットが余っているな……と思ったが、それだけに微妙な距離感を埋めるほどの気持ちを感じられず、結局行かなかった。

どうせ誘うなら「ふたりで遊びに行かない？」のほうが素敵なのに。「チケット余ってるんだけど」だと、予防線が目立ちすぎる。「手元に二枚のチケットがあったら、まずあなたのことを考える程度には好きです」とバレている時点で、素直に好意を出していったほうがよさそうだ。

さらに、世の中には断り慣れしたプロがいて「残念〜、その日はわたし空いてないんだけど、これって◯◯ちゃんが前から行ってみたいって言ってたやつじゃない？◯◯ちゃん、いっしょに行ってきたら〜？」という荒業に出ることがある。◯◯ちゃんを巻きこまないであげてほしいが、誘った側は「あなたとデートしたい」の前に「余ったチケットをなんとかしたい」を予防的に置いてみた臆病さで自滅した形となり、すごく痛い。

わたしの友人は気になる女性を「仕事がらみの相談」という名目で食事に誘うことに成功したと思ったら、「仕事の話なら上司もいたほうがいいですね、連れていきます！」と言われ、深いダメージを負っていた。傷つかないために張った予防線を逆手に取られて反撃されるとより悲惨になる、という好例である。

妙な誘い方をしてしまっても、相手が断り上手だったらむしろ幸運かもしれない。断りにくい誘い方は相手に無駄なプレッシャーをかけ、だれも幸せにならない。

断りやすい誘い方、たとえば最初から「×月×日ではどうですか？」と日付を指定するのは、負担をかけない大事なポイントだ。候補日は、多くてもふたつまでがいいと思う。もし相手がその日に用事が入っていても、あなたとデートしたい気持ちがあれば「その翌週なら大丈夫だったんですが……残念」とか言ってくるはずだし、そうでなければいったん引いたほうがいい。

いや、別にいまここで玉砕しときたいなら、食い下がるのも勝手だ。繰り返すが、恋愛は傷つくのが趣味の好事家のためのエクストリームスポーツなのである。しかし相手は人なので、玉砕覚悟でぶつかられたら普通は痛いと感じる、ということは考慮してチャレンジしたい。

たまに、アプローチを追いこみ漁か何かと勘違いしている奴もいる。たとえば大学生のときのサークルOBだった某有名私立大学の教授は、ロックオンした女子大生に「いつなら食事に行ける？？」としつこく迫っていた。自分の勤務先の学生に手を出したら一発アウトなので、出身サークルの飲み会やイベントに全参加し娘でもおかしくない年の学生を狙っている時点で、そのおぞましさが伝わるだろうか。

狙われた子はどうしたかというと、「祖父が生死の境をさ迷っていて、いつでも駆けつけられる状態にしておきたいので当分行けません」と言って断っていた。当時は

「その断り方は（露骨すぎて）すごいなあ」と思ったが、ここまで言われてなお食い下がると「危篤のおじいちゃんなんて放っときなよ」または「おじいちゃんいつ死ぬの？」と言っているのと同義になるため、さすがの教授も踏みこめない。すばらしい。

ほんとうは「おまえと食事に行く無駄な時間はわたしの人生に一秒たりともない」と言えれば、どんなに楽だろう……。しかし、「追いこみ漁と勘違いしている奴ほど、真正面から断ると逆上する」というのもまた真理なのだ。

用件を言わずに「×月×日って空いてる？」、これも考えうるかぎり、最悪の誘いかたのひとつだ。草野球がしたいのかアミガサタケを採りに行きたいのか、飼っている犬を一時的に預かってほしいのかわからないと、これは返しづらい。百人中百人が「用件による」としか思わないだろうが、「用件による」と返してしまうと用件＝デートと判明したあと断りにくい。「その日は空いているが、おまえとデートするくらいなら家で寝ていたい」と本音で返すよりは「ごめん、その日先約が入ってて〜」と言うほうが圧倒的に楽だ。楽な逃げ道を残してある好意のほうが、たとえ受け入れられなくてもその後の関係を良好にする。

結局「好意はわかりやすく伝える」「でも変な圧はかけない」というのがアプローチするときのポイントなのかな、と思う。そういうアプローチが明確に加点事由として働くかどうかは人によりけりで、結局はその前の好感度の積み重ねが勝負を決めているような気もするけれど……。

とはいえ、以上は人並みに傷つきやすい人間が関係を探っていくときの話であり「誘う側の好意の圧が各方面に分散しているため、誘い方はプレッシャータイプなのに意外と誘われた側が負担に感じない」という輩も、例外的に存在する。要するに、わりと遊び人なことが明白で、誘われてもいっさい心理的痛痒も感じずに断れるケースだ。「寄るな」とか「保健所に通報するぞ」とか言ってもOKというレベルになると、逆に「たまには飲みに行ってもいいか……」という気持ちになるから不思議だ。

こういうことを言うと「要するに遊んでる男がいいんだろう！　つまりイケメンならなんでもいいんだ！」と、特に男性から反発されることがある。重要なのは遊んでるかどうかではなく、「はっきり断ったときに逆上されそうかどうか」だ。断る側が気にしているのはいかに逆上されずに断るか、それだけでしかない。

そもそも、遊び人には単に顔がいい人もいるが、イケメンかどうかに限らず「メンタルが謎なまでに強靱」というのが必須条件だからね……。何人も続けて断られても「じゃあ次行こう、浮かぶ瀬もある」と飄々としているのを見ると、「その鋼線入りの神経はコーナンに売ってますか？　それとも島忠……？」と問いかけたくなる。

まじめに恋愛に役立つノウハウの話もしようと思い、いい感じのアプローチについて考えてみたが、結論としては「誘う側も誘われる側も、逆上だけは回避していこう」という殺伐感が漂うものとなった。

恋愛、やはり逆上と距離が近すぎる。大変すぎて万人向けではない、というのが偽らざる感想である。

好色について

逆上しない遊び人はかえって気が楽だ、と書いていて、思い出した遊び人がいる。こいつには最終的に逆上されたのだが。

ハシダはわたしが二十代のころの友人で、その界隈では「女好き」として知られていた。特に美形ではないがこざっぱりとしてニコニコと如才なく、女のもてなしについては異常にマメで、同年代と比べて金も遣っていた。

黒歴史だが当時のわたしは下ネタをズバズバ言うのがかっこいいと思っていて、ゲスゲスしいエピソードを聞くのが（これはいまもそうだが）大好きだった。ハシダにとってわたしは、赤裸々な自慢話を女なのに喜んで聞く、都合の良い存在だったろう。話すようになったのも、ハシダが「学生時代からつきあっている彼女がいるのに、ほかの女子とつい深い仲に……」と打ち明けてきたのがきっかけだ。最初こそしおらしかったが、口が回りだすと数回きりの関係を持った女のエピソードも続々出てくる。

いっしょに焼肉に行くと、ハシダが

「メレ山、その牛タンはもう炭だから食べなくていいよ。こっちによけておくね」「そのビールぬるくなっちゃったよね、おかわりでいい？　それともお水？」と、気持ち悪いくらい世話を焼いてくる。落ち着かないので「まるでお父さんみたい～」と茶々を入れると、ハシダは「ちょっと～！　〝男として見てない〟的な予防線やめろよ！」とすかさず叱ってくる。

帰り道では「今日はメレ山と話せて楽しかった、また飲もうね☆」みたいなメッセージが届く。「そういうのは口説く女にだけやりなよ」と言いながらも、ハシダはリアクション芸人なのでわりと掛け合いを楽しんでいた。


しかし、接するうちに「ハシダはほんとうに〝女好き〟なのか？」という疑念が育っていった。

たとえばわたしの当時の恋人の話をすると、ハシダは「それね、ぜったい体目当てだよ」と嬉しそうに言う。恋人がわたしよりだいぶ年上だったことが、その根拠らしい。

「体目当てじゃねーよ！　心目当てだよ！」とキレてもいいが、心目当てと体目当てはそんなにはっきり分けられるものだろうか。それに、わたしの側が体目当ての可能性だって同様にありえるはずだが、ハシダにはその発想はないらしい。あくまで「おじさんから見た年下の女の価値、それは肉体」と思っているのだろう。

ある日ハシダに「実家に遊びにおいでよ」と誘われた。実家なら多少は安全か？と一瞬思ったが、共通の知人によると、ハシダの部屋は親のマンションの別室だという。それを伏せて誘ってくるのは、なかなかに気持ち悪い。

密室でふたりきりになりたくないので断ると、ハシダは「なんで来ないの？」とおおいに機嫌を損ね、最終的に「男なんてみんな女の体だけが目当てなんだよ、そのことよくわかっとけよ」という捨て台詞を吐いたので、心おきなく着信拒否することができた。

もともと尊敬からはじまったつきあいではないので特にショックはなかったが、「あれはむしろ〝女嫌い〟の一種なんだな」と思うようになった。女を手に入れるために膨大な手間暇こそかけているが、それはハンティングの決まった手順にすぎない。女を得られれば「おれは女を使い捨てられる男だ」と確認できるし、女を得られなくても「女なんて使い捨ての価値しかないんだから次行こう次」と、彼の脳内王国では圧勝できる。

人気芸能人が浮気相手を六本木ヒルズの多目的トイレに呼びだして性行為していたというゴシップ記事を見たときも、思い出したのはそのことだった。ハシダは「体目当て」をやたら強調していたが、「体（性行為）目当て」ですらない。おれは「自由意思ある人間をここまで言いなりにさせられる」と確認する行為、つまり権力欲の一種ではないだろうか。

支配欲求や逸脱的な性行為を、〝まともな恋愛〟から切り捨てたいのではない。普通じゃないことをおたがいに許しあうのも、喜びのひとつだろう。しかし、権力欲が噴き出す過程で恋愛に似た形を取ったり、片方にだけ恋愛だと思わせて従わせるのはよくあることだ。

恋愛は興味のある人だけが傷つく覚悟込みで参加すればいいエクストリームスポーツだとわたしは思うが、他人を利用することが目的の参加者は、最初から別のゲームを別のルールで遊んでいる。野球のグラウンドでサッカーをはじめているのである。

恋愛に醍醐味があるとすれば、それぞれに感情も好き嫌いも持ちあわせた人間どうしが、自分の中の怯えや恥やプライドと闘いながらも惹かれる気持ちが勝り、他者に手を伸ばす瞬間の得難さと面倒くささだとわたしは思う。

そこで「相手の感情をいかに無視できるかがポイントです！」と言われても、いつか億万長者になったらそういうルールに生きている輩だけ絶海の孤島に集めてデスゲームをさせたいな、と夢が膨らんでしまう。

ハシダの話に喜んでつきあっていた自分も恥ずかしい。あれはいま思えば、名誉男性的な欲求の一環だった。マメなだけで中身のない男と、それに流されるかわいらしい女の子たちにわたしは優越感を感じていた。わたしはもっと賢い。こういうクソ野郎に搾取されず、うまく距離を取れている。そう思いたかったのだ。

それからというもの、「女好き」と呼ばれる人を見かけてもほとんどの場合「いや違う……これも〝女嫌い〟だ……」と勝手につぶやく海原雄山のような女になってしまった。もっとポジティブに好奇心や尊敬の念からホイホイ人を好きになってしまう、そんな女好き／男好きはいないものか。

しかし、多情でもまっとうな人はだれかと深い仲になってもいちいちそれを吹聴しないので、獲得数を誇るタイプのほうがどうしても世間では目立つのであった。

「もっと爽やかな読後感のある多情エピソードがあれば教えてほしい」と、カラサワさんに酒の席でお願いしてみた。カラサワさんは、ハシダとは違ってちゃんと仲良しの男友達である。ちゃんと聞いたことはなかったが、そこそこ恋愛経験が豊富そうな気がする。

「これは浮気されたときの話なんだけど」と、カラサワさんは話しはじめた。

大阪の大学に通っていた夏のある日、カラサワさんは彼女と琵琶湖に泳ぎに行き、帰り道でにわか雨が降ってきた。彼女は身の回り品をかごバッグに入れていて、中身が雨に濡れそうだったのでカラサワさんのリュックに避難させたはいいが、うっかりそのまま自分の家に持ち帰ってしまった。早く返さなきゃ、とかごバッグを開けると彼女の手帳が出てきて、何気なく開くと、カレンダーのページにカラサワさんではない別の男とのデートの予定が書いてあった。

「それが気になりすぎて最終的に携帯電話とかも見てしまって、浮気してることは確定した」

「ウワァ……それで問い詰めたりしたの？」

「いや、携帯見たなんて言ったら彼女も怒るだろうし。おれも彼女に執着しすぎると逆に嫌われてしまうと思って、バイトしたりほかの楽しみを見つけるようにした」

「前向きだ。じゃあそのまま何事もなくつきあってたんだ」

「いや、その半年後くらいにふたりで飲んでて彼女が『なぁ、そうは言っても浮気くらいしたことあるやろ？　ぜったい怒らんから言うてみ』って酔って絡んできたから『実は……』って自分の浮気を打ち明けたら、怒鳴られて店をバーンって出て行って、そのまま別れることになった」

「ほかで見つけてた楽しみって、カラサワさんも浮気してたのかよ。会話で巧妙な伏線を張るな」

「手帳を見たときの、血がサーッと下がって心臓がドクドクいう感じが興奮にすり換わり、それから寝取られの性癖にも開眼してしまいました。吊り橋効果ってあいうことなんだろうね」

「そっちの楽しみも見つけてしまったのか……」


しかし、彼女も浮気していたことを指摘したら、彼女だってそこまで怒れなかったはずだし、どっちもどっちという展開になったのではないか。そう訊くと、カラサワさんは「別にあいこにすることが目的ではないからなあ。たしかに彼女の浮気を知ってるからつい自分の話をしてしまったけど、浮気したことより話したことで傷つけたし、人の秘密を握ると傲慢になっていけない」と反省の弁を述べる。

ちなみに彼女とは、さらに一年後くらいにまた飲みに行ったのだが「いまつきあってる人いる?」と言われ、これまた正直に「あのとき浮気相手だった子がいまは彼女になってる」と答えたところ、「なんだそれ!　バーカ‼」とまた散々に罵倒されて席を蹴立てられてしまったという。

舞台裏を知ってるとなかなか理不尽にも思えるけど、怒りの表明がストレートでかわいい、あとカラサワさんのことだいぶ好きだったっぽいね。浮気してたけど。そう感想を述べると、カラサワさんは「そもそも浮気されてるのを知ったときも、彼女の気持ちが減ったとかおれがないがしろにされたとかは思わなかったよ」と言った。

「ふらっと浮気するときなんて、『ちょっとこの人と一線を越えたらどうなるのかな、なんだかめちゃくちゃワクワクするな?』くらいの気持ちで、正直言って何も考えてないもんね。そう考えると、おれが浮気される側になっただけでは、そこまで深刻に傷つけられたって気持ちにはならない。独占欲は刺激されるし、苦しいけど」

貞操観念のきちんとした人にはこれも胸糞悪い話なのかもしれないが、わたしはこういう話が聞きたかった。カラサワさんよありがとう。


女をちぎっては投げるのが目的化したハシダと、自分なりの良識の範囲で相手を思いやりつつも好奇心には忠実なカラサワさん。このふたりを見比べると、ひとくちに好色といってもいろいろあるな……と遠い目になってしまう。

ヒゲとボインと潮騒と

僕のデスクのとなりの　痩せてるくせにボインは
　花見の時にキスして　それから何もない

ユニコーン「ヒゲとボイン」の歌詞冒頭のフレーズを見るたびに、わたしは「そう！　そうなんだよなァッ‼」と頭を抱え、脳内に広がる芝生の上をどこまでもゴロゴロと転がっていってしまう。

桜が白くもくもくに咲いて人でごったがえす夜の公園で、ブルーシートから容赦なく伝わる地面の冷たさを紛らわすために多めにお酒を飲んで、大行列だったトイレからの帰り道で、前から気になっていた女の子といっしょになる。すぐにみんなのところに戻らずに「人多いですよね〜」とか木陰で話して、なりゆきでキスする。
ここで話は脱線するけれど、恋の話を聞いていていて話が日常パートから「なりゆきで」

恋愛的瞬間になったとき、「なりゆきとは？？？　いまどのように成ってそこに行った？　もうちょっと詳しく……」という気持ちになりがちだ。

めちゃくちゃ絵の上手い人が絵の描き方を段階的に図解してくれるときもそう！　①まずはアタリを取ります（うんうん）②描きこんでいきます（あれっ？　①から②のあいだ、光速でステップアップしなかった？）ってなるから！　そこが知りたいんだよ！

ブルーシートでのお花見は、肉体的にも精神的にもわりと過酷だ。桜の季節は、目には春を感じるけれど地べたに長時間座っているには寒すぎる。桜は美しいのに地面は酔っ払いと嘔吐物とそれをつつくカラスとハトであふれ、ブルーシートの色は悪趣味ここに極まれり。しかも、いっしょにいるのは仕事の人たち。

そこでなりゆきでキスしたわけだが、それから何もなかった。会社のお花見なんかほっといて、ふたりで抜け出さなかったのだろうか。「……そろそろみんなのとこに戻ろうか」って言っちゃったのかな？

いずれにしてもだ。A地点「まだ何もない」とB地点「花見のときにキスしてそれから何もない」のあいだには、何光年もの隔たりがある。A地点からは無限の可能性が広がっているように見えるが、B地点にはそのときしか開かなかった、そのとき全力で押さないと開けられなかった門があって、もはやその門は閉ざされ「何か」に続く道は死んでしまった。

彼が「まあ、言ってもキスまではした仲だしな」と思い出し笑いしてる一方で、ボインの彼女の中ではすっかり「あのときはなりゆきで（＝貴重な休日が会社に浸食されているという状態が耐え難かったので、とりあえず恋愛的瞬間をぶちこみたくなって）キスしちゃったけど、どうも酔ってうっかりしてたなぁ」ということになって、彼につながる門はバーナーで溶接済みだ。

いっときの気の迷いをたしかな関係にしたければ、劣勢なほうがタイミングを逃さず超がんばるしかない。


こんな短いフレーズで、自信がなくて悶々としてる若者のイメージをありありと描いてしまう奥田民生がこわい。きっと奥田民生はモテまくっているだろうな……と、脳内芝生でバサバサになった髪から、芝草のかけらや虫の死骸をふり落としながら考える。

ふたりのあいだに起きたちょっとしたできごとを、片方はまるでセーブポイントのように心であたためているけれど、もう片方の心中では完全にゲームオーバーになっている。恋愛においてはよくあるすれ違いだ。

もともと挑むに値するゲームだったかどうかは、また別の問題ではある。わたしはゲームの予感があると妙にエキサイトしてしまい、エントリーする意味をよく考えずに走りだして、あとから何のためにがんばっていたのかわからなくなることも多い。

大学生のとき、わりと仲良しの先輩がいた。映画『（500）日のサマー』[*1]に出てくる俳優のジョセフ・ゴードン＝レヴィットに似ていて、スマートで服と音楽の趣味がいい人だ。でも、よくだれかに片思いしてモニャモニャ言っているが行動に移さないところも『（500）日のサマー』を思い出してしまう。

ある日みんなで遊んだ夜、雑魚寝しているときにジョセフ先輩がほかの人に「メレ山のことは憎からず思っているけれど、なかなかうまくいかないですね」と話してるのを聞いてしまった。わたしは「おまえ、折々わたしに恋愛相談してたのにいっそんなことになったんだよ」と思ったが、この重大イベントを胸にしまっておけず、相談されていたマチコさんに後日こう言った。

「すみません、あのとき起きてて盗み聞きしてました。うまくいかない以前に、そもそも口説かれた覚えもないんですが……」

マチコさんはそれを「口説いてくれたらうまくいくのにな～」という意味だと解釈してしまい、ジョセフ先輩に「メレ山は聞いてたってよ！　いまこそ決戦のとき！」

とご注進してしまった。

ジョセフ先輩は「あのとき聞いてたらしいじゃん」と電話をしてきて、困ったことになった。苦しまぎれにまた「いや、ですからジョセフ先輩に直接好きって言われたこともないですし……」と言うと、ジョセフ先輩は「そうか……じゃあ……好きです！」と言ってくれた。言ってくれたのはいいのだが、〝じゃあ〟ってなんだ。〝じゃあ〟ってなんだよー！

結局この〝じゃあ〟を引き金に「不承不承で告白されてもエンジンかからんな……」という思いが日に日に蓄積し、ジョセフ先輩にはお断りの返事をした。マチコさんはじめ共通の友人たちには、しこたま怒られた。わたしは勝手にご注進してジョセフ先輩に恥をかかせたマチコさんのほうがひどくないか、といまでも思っている。

が、思い返せば自分のスケベ心に自分で足をすくわれた感もすごい。ジョセフ先輩は気弱なところもあるが、魅力的な人だ。「いまは自分から口説くほどの気持ちがないけど、ジョセフ先輩からもっとガンガン口説いてくれたらうっかり好きになるかもしれん」という下心があったから、聞いていたのを黙っておけず、ジョセフ先輩にも「好きって言われたことないし」とか誘い水を向けてしまった。おかげで、ジョセフ先輩もわたしもマチコさんも仲良く三方一両損になった。

当時、文学部の友達にその話を愚痴ると「『その火を飛び越して来い。その火を飛び越してきたら』って言ったら、消火器で火を消されたみたいな話だね！」という文学的な感想を述べていた。三島由紀夫の小説『潮騒』からの引用である。ヒロインが焚き火を挟んで、好きな人を挑発する鮮烈なシーンだ。

つまるところ、わたしは自分という人間のことがまったくわかっていなかった。自ら火を飛び越えるのが大好きなサイドの人間が、他人に「その火を飛び越して来い」と言うべきではないのである。

気づけば脳内の草原に日は落ちて、夜空にヒゲとボインと焚き火のイメージが浮かんでいる。これからの人生で、我を忘れて火を飛び越えることってどれくらいあるのかなー。わたしはそう思いながら、ぐるぐる回るヒゲとボインと焚き火を口を開けて眺めているのである。

＊1　（500）日のサマー：二〇〇九年公開のアメリカ映画。監督はマーク・ウェブ。

遠赤外線秋波

恋愛におけるアプローチの仕方や、それを行うタイミングの大切さについて書いてきたが、好意をどうやって相手に伝えるかもとても悩ましい。

子供のころ、実家で飼っていた黒猫の「ひじき」は、おでこをぶつけて挨拶するのが好きだった。こちらが四つん這いになって待っていると、のそのそ歩いてきてわたしの額におでこをゴンと当ててくる。ぶつかったところから、熱い親愛の情が胸にかけてじんわりと流れこむ。こんなに人間とかけ離れた、小さくて毛がみっしり生えた生きものと完全なコミュニケーションが成立しているなんて奇跡だ！と静かに感動していた。

人間ともそんなふうに相思相愛でいられたらいいけれど、そばにいるだけであたたかい気持ちが流れこんでくるような時間というのは、犬や猫とのそれほど完璧ではない。

わたしの女友達のひとりが人生ではじめて女の人とつきあうことになったとき、相手はもともと自覚的に女性を恋愛対象としている人だったのだが、彼女は最初はそれを知らなかった。

「ふたりでいるとやたらとドキドキするから、同性なのに不思議だな、自分だけがこんな気持ちなんだと思ってた。あとから好きだって言われたとき、あんなにドキドキしたのは〝恋愛の空気〟を向こうも出してたんだと納得した」

と聞かされたときは、いたく感心したものだ。


彼女が好きになった人は、たぶん最初は言葉でもスキンシップでもなく、熱っぽい視線とか、口調やわずかな表情の動きだけで好きな気持ちを表明して「わたしだけがこんなドキドキしてるんだ」とまで相手に思わせていた。もはやそれは、愛情の遠赤外線効果ではないか。

そういうものを「秋波」と呼んでもいいのかもしれない。一般的には「秋波を送る」というと色目を使うようなねっとりしたイメージだけれど、辞書で調べてみたらもともとは中国語で「秋の澄み切った水の波」のことなんだそうだ。きれいな女性の涼やかな目元を表す言葉が転じて、流し目や色目といった媚びの表現に使われるようになっていったらしい。

婚姻色の紅に染まった鮭が遡上する豊かな流れのような、ススキやワレモコウやリンドウに彩られた草原を渡る風のような、そんな透明な思いを相手に届けてさらにこちらを意識させられたら、人の子が持てる最高の強制力を手にしたと言える。好きな人の脳をそれとは気取らせず狂わせる、これがモテの力だったのか。

ずるい。わたしはだれか好きになっても、食虫植物モウセンゴケみたいなトリモチ状の粘液しか出せなくて、いやこんなバッチイものを好きな人にくっつけていいものか……と思っているうちに自分の手足がベッタベタになってきて途方に暮れているというのに！　許さん‼

そういえば、遊び人のハシダに「あっちこっち粉をかけるのはそんなに楽しいのか」と言ったとき、彼には「粉をかける＝口説く」という語彙がなかったので「粉をかけるってどういう意味？　何色の粉？　ピンク色？」と言っていて、わかってないなりに合っているのが妙に面白かった。

彼のピンク色の粉は、なんだか服についたら落ちなそうで嫌だ。十人にピンクの粉をかけて、五人がクシャミをして四人が喘息になっても、残るひとりが引っかかってくればいいという迷惑きわまりないスタイル。

秋波はこっちから出してもうまく届かないわりに、相手のそれが潮のように引いていくときはよく見える。

この人、出会ったばかりのときは砂漠でたどり着いた泉を見るような目でこっち見てませんでしたっけ。何時間いっしょにいてもまだ足りないって飢餓感と喜びが伝わってきたのになあ、と思いながら、自分にもうそこまでの気持ちが残ってないことに気づく。なんでこんなことだけ、言わなくても伝わってしまうのだろう。

人間じゃなくて動物でもいいから、まじりけのない好意を交換したい。子供のころみたいに猫と暮らして額をゴッツンコしたいなあ、柴犬に全身で喜びを表現されるのも悪くない、と夢を見つつも、動物の命を預かるのは恋愛の比じゃなく重たくて、まだ当分手を出せそうもない。文鳥なんて最高に感情表現が細やかでかわいいけれど、拘束の激しさは地獄レベルだ。

双方の好意が完全に釣りあった状態を継続させるのは困難で、かといって人を好きになるのをやめるのも難しい。それでは、片思いをひとりで完結する楽しみに昇華させることはできないかと考えた。

たとえばこんな状態である。こちらの好意は完全にバレていて、向こうはわたしとつきあうつもりはないが、人としてはそこそこ認めて遠ざけずに接してくれる。ごはんを食べたり遊びに行ったり、たまにまじめな話もする。それでいてぜんぜん好意を歯牙にかけていなくて「フーン、メレ子さんってぼくのこういうところが好きなんですね。でもぼく的には、メレ子さんとはワンチャンないんですよね。ぼくは○○さんのような人が好きなんで」とかニコニコしながら言うのだ。

片思いのつらさの多くは「好意を気持ち悪いと思われることへの恐怖」だったりする。伝わっているから隠す必要もない、受け入れられないから終わる悲しみもない片思い状態がもしあったら、それってけっこう理想に近くないだろうか。わたしが濁って粘った秋波しか出せないなら、相手が無効化してくれればいいのだ。

「こういうのってどうですかね?!」と、恋愛の不毛さに疲れつつある友人に嬉々としてプレゼンしてみたら、「わからなくはないけど、それはメレ山がそういうサディストが好きなだけでは……?　あと、他人から受けた好意を気まずくならず足で押さえて享受しながら、人としてはまともに扱ってくれるちょうどいい冷血漢を探すのは、普通に恋人を見つけるよりむしろ難しい」と回答された。正しすぎてぐうの音も出ない。

いま神様が目の前に現れて、何かひとつの超能力を授けてくれるとしたら、「透明な秋波で自分を好きにさせる能力」か「動物にひとしく懐かれる能力」のどっちかにする。

いや、そのどちらかだったら迷うけど「しゅ、秋波……いまのなしで！　やっぱり動物からめちゃくちゃに懐かれるほうで！」と神様に言ってしまうだろう。やはり人間の色恋など、毛がみっしり生えた生きものからの愛情の尊さには遠く及ばないのである。

恋のうわさソムリエ

中学生や高校生のころから、わたしは恋愛に関するうわさ話が大好きだった。どんな人とつきあってみたいか。◯◯ちゃんが駅でメアドを渡した男子から連絡が来たらしい。別校舎のちょっとヤンキーっぽい女子が休み時間にうちのクラスに来て、男子と屈託なくしゃべっていくのが羨ましいけどむかつく。放課後、教室で何時間もそういうおしゃべりをして、それでも足りなくて夜は電話で話していた。

隣のクラスのカップルは神社でイチャイチャしすぎて、近所の人に通報されたらしい。大人の階段を一気に上りすぎではないか？　と激論を交わしつつ、「そんなに急に大人の階段を上るのは嫌だが、そもそも自分にいっしょに階段を上る恋人はできるのだろうか……」と思うと不安で仕方なかった。

本や漫画で読む恋愛にはあこがれるが、そこで描かれるふるまいは演劇のようで、日常と地続きのものにはとうてい見えない。好きだったはずの男子といっしょに帰ることになっても、何を話したらいいのか皆目わからないしまったく楽しくない。

あれだけ恋バナに血道を上げていたのは、世の多くの人が当然のようにこなしている（当時はそう思っていた）恋愛という巨大な謎に対抗するため、サンプルを激しく収集していたのかもしれない。

会社員として働くようになり、もう十年以上が過ぎた。

入社後数年は同期たちと、会社の独身寮で恋バナに花を咲かせたこともあった。しかし、そういう学生の延長っぽいつながりは加速度的にほどけて、結婚して子供を産む人も増え、恋バナの供給は減っていく。

そもそも「メレ山さんはアフター5はなんかネットアイドルみたいなことをしているらしい（ネットで顔出しして活動しているだけでそういう評価になるのだ）、変な服と昆虫と海外ひとり旅が好きなバツイチ」という社内の珍獣枠を、十年かけて不動のものにしてきたのだ。別にそんな枠を目指してきたわけではないが、いまや珍獣枠に伴う「人づきあいが多少悪くても勝手に納得してもらえる」というメリットを享受するしかない。このように人脈と人望に乏しいわたしにまで届くような社内のうわさ話は、恋バナと呼ぶにはねちょねちょしている。聞いた瞬間はちょっと面白くても、あとから脳にズンともたれる。

会社の人に「AさんとBさんがデキてるって、だれでも知ってますよ。メレ山さんは知らないんですか？」と言われたとする。ほうほう、あのふたりが……でも、なんでそんな評判になってるの？

「いつもふたりで会議室にこもって、謎の会議をやってるんですよ。BさんはAさんの威光をかさにきてすっごい偉そうだし、Bさんが仕事でやらかすとAさんがすぐ出張ってきて横車を押すんです」

わたしもBさんにとてつもなく雑な対応されたことはあるな。Aさんはけっこう偉い人だから、虎の威の借りがいがある。Bさんが虎の威を借りているのか、もともとアレな人なのかは知らんけど。

「でも、やってるかどうかはわかんないよね」

「やってる」というのはつまり、性交しているかどうかということである。いや、「デキてる＝やってる」ではないけれど。でも、別にデートを見られたとかではないんだよね。と口に出すと、「いやいやいやいやいや」とその場の全員に畳みかけられる。奴らに流れる濃い瘴気が目に入らんか、と言うのである。

でも、やってないと思うんだけどなあ。

証拠もないのに決めつけるものではないとか、うわさ話はよくないとか、そういった清廉な理由ではない。わたしが知る清廉な人は、その手の話になるとすぐ「そういう話は聞きたくないんだよ、Bさんが聞いてほしくて言いふらしてるんなら別なんだけどさあ」と打ち切っている。わたしも来世はこういう人格者を目指したい。

わたしが言いたいのは単に「やってないほうが社内での精神的ないちゃつきが過剰になり、周囲のうわさになるケースだってあるのではないか」ということである。やっちゃっていたら、多少は怪しまれないよう慎重になると思う。別に会議室で忍びあわなくても、外で会えるだろうし。

とても仲良しでうまが合っているにもかかわらず、やってない（好意を打ち明けあっていない）という事実が彼らのあいだに厳然と横たわっているからこそ、何もやましいことはないと傍若無人になり、調子に乗ったふるまいが止まらなくなるってこともあるんじゃないですか?! とつい声が大きくなってしまったが、おわかりいただけただろうか。つまりわたしは、そういう中間色な関係性のほうが業《ごう》って感じがして、より好みであると言いたいのだ。恋バナを収集するのをやめたわけでも下世話を卒業したわけでもなく、好むエピソードの性質が変わってきているのである。

やってない説は非常に人気がなく、わたしがガリレオみたいに「それでも地球は回っている……」とつぶやいて終わることが多い。一度「そうですね。やっていないと思います」と同意してくれる人に会ったが、彼女は「わたしは前の職場で三年間上司と不倫していたのでわかります。あれはやってないです」と言い放った。そんな不倫ソムリエの意見は求めていない。

ただ、会社でどんな関係性に最高に萌えるかといえば、やってる・やってないより何より「人間的には好きでもなんでもないが、お互いに淡々と為すべきことを為し、人間性と関係ないところで協力して仕事が超はかどる」という状態である。

Aさんと Bさんができていようがいなかろうが、ナマモノの交際エピソードは一歩間違えば中傷だし、しょせんは人間×人間のおつきあい。一秒でも早く飲み会を辞し、海底にガラス質のレース状ドームを作る海綿の仲間・カイロウドウケツと、その中で一生を過ごすドウケツエビの夫婦のことなどを考えていたい。

自分のまわりで日に日に高くなっていくものが殻なのか檻なのか、次第によくわからなくなりながら、わたしは人や動物の関係性エピソードを黙々と集めているのである。

3

わたしと向き合う

キャンパスライフ奪回作戦

大分県で生まれ育ったというと、「出た！　男尊女卑アイランド九州！」みたいな反応をされることがある。出身地への思いこみを個人にぶつけるのってけっこうな非礼だと思うのだが、九州出身の人からもたまに「あの男尊女卑アイランドの思い出を、共に語りあいましょう……」というアプローチを受ける。数年前には「#九州で女性として生きること」というハッシュタグもネットで盛り上がっていた。

おそらく、「大分に生まれた女がはるか東京や上海で働いているのは、故郷への反発エネルギーがそれなりにあったはず」と想像されているのだろう。その期待に対し、わたしは怒るなり共感するなりのはっきりした態度をうまく取れない。

男尊女卑な扱いを受けて育ったのはわたしの母であり、彼女は世間に恨みを返すべく四人の娘たちにしこたま勉学を仕込むことにした。四姉妹は小学校と中学校までは地元の公立に通ったが、高校からは私立高校の特別進学コースに進んだ。入試成績に応じて授業料が減免されるかわりに、塾に行く暇もないくらい朝から晩まで勉強漬けになる。東大または医学部に進んだ生徒の人数で先生のボーナスが変動するといううわさもあり、男尊女卑以前に勉強ができないと人権がなかった。「男女差別は許さん！人はすべて平等に価値がない！」というフルメタル・ジャケットな環境である。

そういう極端な場所で反発する者や病みがちになる者も当然いて問題も多かったが、わたしはペーパーテストの楽しさに目覚めてしまい、個人的には家でも学校でも勉強さえしていれば何も言われず快適だった。家や学校以外でも男尊女卑に直面する機会が少なかったのは、わが家が親戚づきあいも近所づきあいも少なくて地元から浮いていたからだ。浮いていたのもあって、大分のことは「いつか出ていく場所」と認識していた。母の反発エネルギーが娘に充塡されている。

そうして主体性なくぬるりと都会に送り出された春、入学した東京大学で「インカレ（インターカレッジ＝学際）サークル」を目にしたショックは大きかった。インカレサークルは他大学にもたくさんあるし、そこで広く出会いを求めるのもいい。しかし、男子は東大生限定なのに女子は他の女子大から駆り集めているというテニスサークルにはもう「露骨すぎるのでは……？」という以外の感想が出てこなかった。

入部にあたって「セレク（セレクション＝選別）」という儀式もあり、イベント色の強いサークルでは運動能力以上に見た目やノリが求める水準に達しているかどうかを審査していた。所属する男子の人数に対して、女子マネージャーの数が明らかに多いサークルもある。

大学って、もっと男女関係なく人として尊重される建前があるところだと思っていた。実際は闇には底がなく、さらに十数年後には東京医科大の入試における男女の差別的取り扱いが発覚し、ペーパーテストですら男女平等でない大学もあったことを知るのだが。

華やかさやかわいさを優先して求められ、率先して応えようとする女子たちと「優秀な男」としてちやほやされようとする男子たち、という欲望の構造が大規模に組織化されていることが恐ろしかった。「女は男を立てるもの」という思想の具現化に出会ったのはたぶんあれがはじめてで、それがはじめてだったというのはわたしがいかにも幸運だったのだろう。だが「九州って男尊女卑がすごいんでしょう」と言われると「わたしの場合、東京で見たもののほうがショックがでかかったよ……」と思う。

そして学内の女子は「他大の女子ほど華やかではないにしても」「大学の女子率が極端に低いので」という留保つきで、女として品評された。「結婚したいならぜったいに学生のうちに相手を見つけておいたほうがいい、ひとたび〝外〟に出るとすさまじくモテなくなるから」という脅しも、男女問わず受けたことがある。いっぽう、一部の男は「彼女が結婚しろってうるさいんだけど、これから就職したらいくらでも若くてかわいい子が寄ってくるかと思うとちょっとその気になれなくて……」などと、自称・優良物件としての語り口がなめらかになりつつあった。クラスメートとして毎日対等に接している一方で、そういう話をするのである。

ある日、知り合いの女子について「あんなに努力家で優秀な子はいないね」と男友達に話していたら、「でも俺はあいつは抱けないけどね」と言われた。そんな言葉でしかマウントできないことも、こんなのが友達だと思っていた自分自身も情けなかった。

努力や才能は人として素直に評価したいし、自分だってされたい。それは恋愛対象になるかどうかとは別の次元だし、ましてや「引っかけた女の子から会社に無言電話がかかってくる」とか「結婚式の二次会の幹事を浮気相手にさせちゃいました」とか言ってる人たちに女として評価されてもな、という話だ。

あのころどんより積もっていた憤懣を、わたしは子孫に託す予定がいまのところないので、今生でささやかに晴らそうとしている。隔年で開催しているイベント「昆虫大学」でだ。

昆虫大学とは、虫の研究者やクリエーターに集まってもらい、物販や展示や講演を通じて虫という嫌われがちな生きもの（と、それに関わる人たち）の魅力を教えてもらおう、というイベントだ。わたし自身、虫は好きだが詳しくないので、最前列で教わりたいという個人的欲望をかなえるために開催している。

虫好きも比較的男性が多い世界である（それは虫好き女性への世間的な圧の高さや、フィールドで異性に絡まれたり知識でマウンティングされやすいことにも容易に接続される）が、イベントの出展者には当然女性もいる。前に「個人で発行している冊子に昆虫大学の感想を書きたい」という人がいたのだが、原稿を読んでみたら「会場に入ってみると、そこには〝美人ママ〟ぞろい」と書いてある。「男をもてなすためにそこにいるわけではないし、もてなしてもらえると思って来る人がいたら困るので、こういう表現はやめてほしい」と言って修正してもらった。

おそらく善意で、思ったより女性が多く、きれいな人がいたとほめようとしたんだろうとは思う。悪意がないからこそ、そういう視線を排除するのは難しい。しかし、やはりたいへん胸糞が悪いし、わたしの目指す理想のキャンパスではない。大学ってのはね、性別から自由で、なんというか救われてなきゃあダメなんだ。独りで静かで豊かで……とそこまで考えて、わたしは「大学」のイメージに自分がとっても固執していることに気づいたのだった。イベントの第一回を大学の跡地で開催したため「大学の建物で虫について教えてもらうイベント……『昆虫大学』に決めた！」と、軽率に採用したネーミングだったはずなのに。

男女関係なく何かに詳しい人や何かを作れる人が尊敬されて、そうでない人も好きなものについて語ったり好奇心を満たせる場所。在学当時だって、真剣に考えてちゃんと探せばその辺にいくらでもドアが開いていたはずだ。それをただ「思ってたのと何か違う、おかしいな……」と首をひねりながら無為に通り過ぎてしまい、いまも心の奥で後悔している。しかし、自分の腕が届く範囲だけでも自分みたいな人が快適でいられる理想のキャンパスにするために、まだできることはあると思うのだ。

うぬぼれ鏡の必要性

東京本社から上海子会社に出向したばかりのころのことだ。

メンバーとコミュニケーションを取るため、ひとりひとりの顔写真が入ったPowerPointの組織図をまめに参照していたのだが、たまに本人と写真を見比べても「ん？だれ？？」となる。一部の新入社員が、盛りすぎて自己同一性を逸脱した自撮り画像を載せているのだ。

新しい服やアクセサリーを手に入れたときなど、身に着けた姿をSNSでつい自慢したくなる。しかし、普通のスマホカメラで自撮りをすると、撮れる写真がひどい。蛍光灯の下で肌は土気色になり、目の光を失った勤労女性……液晶に死者が映った！こわい！　とスマホを投げ出してしまう。

Photoshopなどで超がんばって画像編集すれば、最終的には満足いくレベルになるかもしれない。だがその手前で心が折れ、「そもそもこんな風采の上がらない女が服飾品に散財して、いったい何が変わると思っていたのか？　わたしに買われたお洋服やピアス、かわいそう……」と、お買いものの喜びさえ奪われてふて寝をキメていたのである。

　だが、「自撮りって、ただでさえ肌がピカピカな若者が技術と執念で撮るものなんでしょ？」と言うわたしに、会社の女子が「このアプリならだれでも漂亮（ピャォリャン＝綺麗）になりますよ、メレ山さんは遅れている」としつこく薦めるので「美図秀秀[*1]（Meitu Xiuxiu／メイトゥーシゥシゥ）」という写真加工アプリをインストールしてみた。

　アプリを起動した時点で、インカメラの映像に「あれ？　作画変わった？」と思うほど美化された自分が登場する。肌はなめらかで黒目はくっきり大きく、頬や唇にはほんのり赤みがさしている。フェイスラインをシャープに見せる補正も入っているみたいだ。それでいて、髪の毛などの繊細なタッチは潰れず残っていて、自然さのバランスが絶妙。ハアァ、いいやんけ……とウットリしながら、つい撮影に熱中してしまう。自撮りがこんなにお手軽になっていたことに数年遅れで気づいた。

　撮影後もさまざまなフィルタを使って写真にメイクをしたり、アニメや古い美人画のようなタッチに加工して遊べるが、とにかく「撮影中から盛れる」というのが心理的に効果絶大で、表情も自然とやわらかくなる。

いけてない写真を加工するときにつきまとううしろめたさが極限まで希釈され、「これは虚構ではない。十時間寝てから熱いシャワーを浴びてじっくりフルメイクしたときとか、好きな人と話してるときとか、南の島でキラッキラに輝くナナホシキンカムシを発見したときとか、喜びと活力と自信にあふれている瞬間のわたしはなかなかいい感じのはずで、そういう調子の良さがほとばしる状態を最新の画像処理技術が〝再現〟してくれているだけだ」という認識になってきた。これが、写すタイプの魔法……。なんて優秀なうぬぼれ鏡か。

iPadで映画を観ているときや地下鉄の車窓にも疲れた女の霊が映ることが多々あるが、できればここにも魔法を導入してほしい。

「日本人女子は化粧で化ける、韓国人女子は整形で化ける、そして中国人女子は自撮りで化ける」

面白いかどうかはともかく、中国で駐在員の日本人から何度も聞いたジョークだ。しかしその三つの〝化ける〟手段の境界は、おじさんが皮肉交じりの冗談を飛ばしているあいだに音速で縮まってきていると感じる。中国や韓国の化粧品ブランドやメイクのやり方も、いま日本ですごく人気があるし。

あらゆる人が自分の写真をお手軽に修正できるようになり、自撮りはむしろ自分の理想をかたちづくるもの、気持ちを上げてくれるものになった。以前、写真加工アプリの開発に関わっている人が「自撮りアプリでなりたい自分のイメージを試せることで、メイクやファッションを通じて実際の容姿もそれに近づいていくユーザーも多い」と述べている記事をネットで読んだが、説得力のある話だ。美容整形だって、自撮りのおかげでイメージしやすくなり、挑戦しやすくなっているはずだと思う。

外見はある程度のコントロールが可能である。そしてコントロールすることで自分の心持ちを操れるし、他人に向けて「わたしは無害です」「たくさんの人に好かれたい」「近寄るな」「同好の士と出会いたい」といった多様なメッセージを発信することもできる。こういう感覚を獲得するまでに、女性の多くが十代以降の膨大な時間を費やしている（そうした努力を放棄するという選択肢がなく、強いられすぎている、とも言える）。

じゃあ男性はどうなのだろうか、ということでメイクをはじめた男性のブログ記事を読んでみた。

「メンズメイク入門の入門」 https://note.com/ryokmtk/n/ndc9d36219672

この文章を書かれた鎌塚亮さんは、わたしと同年代の男性のようだ。知識ゼロから一か月メンズメイクを続け、洗顔からスキンケア、ベースメイクにアイメイクといった化粧のプロセスや化粧品の使いかたについてひととおり理解し、感想として「めちゃくちゃ楽しいです」と述べている。

このメンズメイクに関する文章が「週末セルフケア入門」というタイトルのブログに載っている、つまり男性が自分の機嫌をコントロールする方法を研究テーマとしていることも興味深い。

メンズメイクがじょじょに広まる一方で、メンズメイク指南の動画も「バレない」が売りになっていたりと、男性が化粧をすることはまだ〝男らしくない〟もの、バレてはいけないものとして扱われがちだ。その理由について、筆者はこのように書いている。

男らしさの抑圧は「なぜ日本の中年男性はセルフケアが下手なのか？」問題と同根です。当事者として語りますが、男性の身体は固く、鈍感でなければならないとされている。もっと言えば、男性は男性の身体を嫌悪している。だから身体性にうとい。セルフケアするときも、アルコールやニコチンでその身体を麻痺させることから始める。あるいはサウナ・筋トレ・禁酒といった「修行っぽさ」を経由しないとケアに至れない。つまり、セルフケアするために、いちど男性身体を否定する傾向がある。

こうした抑圧に対して、筆者はたとえば花を飾る・お弁当を作るといったいわゆる〝男らしくない〟方法も含め、自分の心や体をケアする選択肢を豊かにしようとしているわけだ。男性らしさの追究が、いかに痛みに鈍感になれるかをスタート地点にしているというのは、鋭い指摘だと思う。

わたしはといえば、目の上にロシアから個人輸入した虹色の粉をまぶして自撮りするのが楽しい日もあれば、眉だけ描いてマスクして出社するのが安息になる日もある。日々移り変わる情緒をなだめていくには、とにかく選択肢の豊かさが重要だ。うぬぼれにやたらと厳しい世の中だけれど、男も女も自分を甘やかす手段は花束にして携え、お互いに教えあうくらいの気持ちでいきたいものだ。

＊1　美図秀秀：日本ではBeautyPlusというアプリ名で展開されている。

かわいい服に、負けるな自分

ある日「モテてぇなァ……」とつぶやいたら、友人に「メレ山、モテたいと思ってたんだ……モテたいと思っている人間の素行ではないのに……」と言われた。女性向け雑誌などを見ればわかるように「モテ服」「婚活服」というのはほどよい女性らしさを強調し、選別する側ではなくされる側としての優秀さをアピールするものだから、変な個性の演出はご法度だというのである。

「アンタの服やメイクや言動は『わたしはこういうのが好きなんで！　それでもいい奴はかかってきな！　文句のある奴は別の意味でかかってきな！』という態度の表れ」だと詰められ、最終的に

「自分がこうだと思った装いや物言いをして、その結果『メレ山さんっていつも自分に似合うものがわかっててセンスよくてかわいくてかっこよくて素敵だね』と言ってくれるもののわかった人に効率よくチヤホヤされてぇし、世の中にそういうもののわかった人が増えてほしいなァ……」

と、正確に言い直すまで許してもらえなかった。

しかし、「モテたい」って基本的にはそういうことじゃないのか？ まったくファッションに興味ないけど世間に最低限ダサいと思われない服装をしたい、とかならともかく、自分の好きな装いがある程度わかっていても「モテる＝自分の好きな服をやめる」なのか？


これからも好きな服やアクセサリーを身に着けて、好き勝手にチャラチャラするぜェーーーッ！ それでだれかに愛されなくても、それはそれで仕方ないぜェーーーッ！


と言い放ち、この話題を終わりにしたいのはやまやまだ。だが、話はそう簡単ではないことを、わたしがいちばんよく知っている。

以前つきあっていた人が、ある時期からわたしを痩せさせようとしはじめた。彼自身が食餌制限やトレーニングに目覚めていろいろ研究していたので、最初は調べたことを単純にだれかに教えたい気持ちもあったのだろう。体型は努力で変えられるものという実感を得た彼にとって、彼と同じように努力しないわたしはたぶん鬱陶しい存在になっていった。

彼とは別の元恋人が「俺とつきあうとみんな影響されて、趣味嗜好も変わってくるようだ」と言っていたのだが、実際には彼の好みでない音楽や映画を目の前で嗜むと露骨に不機嫌になってけなしてくるだけだった、という経験がある。それ以降、わたしは交際相手がこちらを教化せんとする気配には非常に敏感なのだった。

太っても変わらず愛してくれて当然だ、とは言わないが、お店で食事していて「その料理は糖質の塊だからこっちの魚にしよう」と言われたり、横で寝ているときに「ここがちょっとなあ」と言いたげな手つきで体を触ってくるのは、本来いちばんリラックスできるはずの恋人との時間に灰が降るようなストレスだった。

見た目が好みでなくなったから別れたくなったのか、ほかの理由で気持ちが離れたから見た目も気になるようになったのかは不明だが、その彼とは疎遠になり、結局別れることになった。あまり気にしないようにはしていたが、やはりだいぶプライドが傷ついていたのだろう。その後しばらく「着こなせないのに高い服買ってもねえ……」「ぼやけた顔にこんな派手な服が似合う?」と頭の中で声が囁くようになり、装うこと自体があまり楽しくなくなってしまったのである。

大きな鳥がモチーフのワンピース、はっきりした色のセルフレームのメガネ、悪目立ち上等の巨大なピアス。もともと、自分がときめく服やアクセサリーについては、こんまり[*1]の手を借りずともモルダウの流れのごとく滔滔と説明できた。こんまりも無の表情で「好きにしたらええがな」と言うだろう。

その後、食餌制限で五キロほど落としてみたが、それでも「かわいい服に顔が負けている……」と感じるようになった。ちょうど上海に赴任していたこともあって、まわりに心を許せる友達もおらず、自信を回復する機会がなかったのだ。

健全な自己肯定感を手塩にかけて育ててきたはずが、たったひとりに否定されたくらいでこんなに派手につまずくものか。情けない……。

一度つまずくと「この年でこのかわいい服は厳しいかな……」と、自分の加齢にもネガティブな思いが加速する。息も絶え絶えで仕事をしている最中、ふと会社のトイレで自分の顔を見るとぎょっとするのである。かわいい服のかわいさが、自分の疲れっぷりから浮いている。だから、より疲れて見える。おまえは持ち主の生き血を吸って輝く妖刀村正だったのか。

十年前よりは装うために使えるお金が増えた。十年後はどうだか知らんが、知らんからこそいましかできない浪費も楽しみたい。それなのに、身に着けたものを長きにわたって乗りこなす元気と自信が、早くも目減りしつつあるのだろうか。自分が若さでいろんなものをねじ伏せていたなんて、若いときには気づかないものだ。

「自由で華やかなファッションを楽しむ欧米のおばあちゃんたち」みたいな画像を見ると、以前はのんきに「いつかはこういうババアになりたいものよ」と思っていたが

「三十代後半から五十代にかけてのファッションの遷移も見せてくれ」と願うようになった。少なくとも、虫柄や鳥柄の服くらいで「元気がなくて着られない」とたじろぐような中年女性でなかったはずだ。

最終的に、この問題を解決してくれたのは別の人との出会いだった。無理して落とした体重は光の速さでリバウンドしたが、わたしがよく食べると喜び、気に入った服を着ればほめてくれる人に会えたおかげで、わたしはとっとと傲慢さを取り戻したのであった。

冷静になってみると、じゃあ友人や見知らぬ人が個性的な服やメイクやアクセサリーを楽しんでいたら、わたしは「あらあら年甲斐もなく派手な服着ちゃって、疲れた顔に似合ってないのに」と思うだろうか。

正常時のわたしなら、少なくとも「この人は身に着けるものの好みがはっきりしてるんだな、好きなものを身に着けようとするその心意気がいいな」と感じるはずだし、そういう自分でいたい。かわいい服を着ていようがどうでもいい服を着ていようが疲れるときくらいある。ここまで考えられるくらい落ち着いてきてようやく、好きな装いをすればいいじゃないという心持ちに戻れた。痩せないと醜いというよりは「同じ体重でもうすこし筋肉質になったら、Tシャツ一枚でもかわいくなっちゃってもう大変かもしれない」と前向きに思えるようになった。

まだ着たいのにしっくり来なくなりつつある服の筆頭だった大きな鳥のワンピースは、別で買った辛めのショートジャケットを合わせると華やかさと悪目立ちが絶妙なラインで調和し、妖刀がフッと成仏した。単体の攻撃力ばかり追求してきたが、そういえばファッションとは「組み合わせ」と「引き算」である、という原理原則をいまさらに知った。

今回はたまたまなんとか浮上できたが、他人の評価に頼らないと自信を取り戻せなかったということは、また他人の評価でたやすく落ち込んでしまうということだ。自己肯定感を高めるのは、言うほど簡単じゃない。必要なのは、弱る前に「わたしの体にケチつけるの、やめようね?」と即座に言える胆力なのだろう。

＊1　こんまり：片づけコンサルタント・近藤麻理恵氏の愛称。「ときめくものだけを手元に残す」という独特の片づけメソッドが世界的な流行となっている。

ハゼたちのさしすせそ

「合コンでモテるさしすせそ」という有名なネタがある。

さ…さすが〜！

し…知りませんでした

す…すごーい！

……のように、「さ行」で相槌を打って男性を気持ちよくさせるテクニックだが、合コンにほぼ行ったことがないので使われているかどうかわからない。さすがにこんな幼稚な……と書きかけて、「さしすせそで気持ちよくなる」以前に「さしすせそを使わないと露骨に不機嫌になる男性」の例ならいくらでも思い当たるのに気づき、背筋が冷えた。

数年前、中古マンションを探していたときのストレスのひとつが、不動産営業マンとのやりとりだった。一日に複数件見て回る場合は営業車に乗せてもらうが、移動中になぜか自慢話でイキりだす男性が多くて閉口した。軍資金は少ないが、わたしだっていちおう客だ。「ぼくも芸能人のAさんとか年収○億のB社長とか、すごい方とお酒をごいっしょさせていただくことも多くて〜」とか言われても困る。密室で機嫌を損ねるのもこわいのでその場では生返事して商談は進めないのだが、彼らはその態度で女性客を失っていると自覚してはいないだろう。

余談だが、「地方への移住を考えている女性は、車の運転はできるようになってから行ったほうがいい」という話題をツイッターで見たことがある。単純に地方生活に不便だから、とか移住者が地域社会に甘えすぎるな、というレベルの話ではなく、一時的にでもだれかの好意に頼り車に乗せてもらうと、しばしばセクハラやストーキングの被害にまっしぐらなのだという。さらに「男の車に乗ったら何をされても仕方ない」という周囲からのセカンドレイプも珍しくないとか。車に女性を乗せることで、格別に支配欲求がオラついてしまう心理は（悪い意味で）興味深い。

仕事の場でも、機嫌を取ってもらっている自覚なく後輩や若い女性からの「さしすせそ」を求め、思うような反応が得られないと攻撃的になる男性も残念ながら非常に多い。執拗な説教やどんどん細かくなる監視も「耳に痛いことをあえて言っている」「指導の一環」という認識なので、非常に厄介だ。

合コンどころか日常生活を広く蝕む恐怖の「さしすせそ」。先日もとある案件に「なんで会社で〝さしすせそ〟してもらおうとするんだよ！」と怒っていたのだが、〝そ〟は『そうなんだ』……〝せ〟……〝せ〟だけが思い浮かばない。

ってていうか、「セックスしよう」しか思いつかない。一度思いついたら頭から離れない。もう「セックスしよう」でいいだろ、いっそ清々しいわと思いながら調べたら「せ…センスいい！」と書いてあり、笑ってしまった。明らかに〝せ〟だけ、適切なおだて言葉が見つからなかった感がある。

ちなみに調味料のさしすせそだと〝せ〟は醤油（せうゆ）であり、やはり〝せ〟に無理が集中しがちだった。さらに〝そ〟は味噌の「そ」であると知ると、すべてが空しくなってくるが。もう、さ行でまとめるの諦めようよ。

「さしすせそ」自体は、ポジティブな気持ちで相手の話を聞いていれば自然と出てくる相槌の範疇だし、言われる側としては嬉しい言葉だ。女友達だけで話すときだって「さすがじゃん！」と素直にほめ称えあっている。問題は、男女混合の場になっただけで気持ちよくなる側と気持ちよくさせる側とが固定されてしまうことだ。こんな素敵な言葉に変な意味持たせるのやめてくれよ、と思う。

「さしすせそ」で相手を気持ちよくさせるテクニックではなく、「さしすせそ」を相手にだけ一方的に求めない・「さしすせそ」が得られなくても逆上しない人を探しあてるテクニックがほしい。

「さしすせそ」を求める人は、そもそも「セックスしよう」とみずから言う女、嫌だろうなあ。なので、女性からもどんどん言ったほうがいいと思います。


生きもの好きの友人たちと野山や磯に行くのは、ふだん人間社会で感じているストレスが吹っ飛ぶイベントだ。

大潮でできた浅瀬に入っていくと、最初は岩が広がっているだけで何もないように見える。しかし、足首に水の冷たさを感じながらじっと見下ろしていると、水底に転がった貝殻からヤドカリの毛むくじゃらの脚が伸びてくる。岩の中でネオンのように青緑色に光っているのは、ヒメシャコガイの外套膜だ。砂色のハゼがピコピコとなわばり争いしている。足元が、気が遠くなるほどたくさんの生きものでざわめいている。

シュノーケルをつけて身を沈めていくと、耳が水に潜った瞬間にコポッと音がして、陸のすべてが一気に遠ざかる。自分のくぐもった呼吸音と額にぶつかって揺れる水の音、かすかな耳鳴りを聞きながら周囲を見回すと、水の色がすこし暗くなるあたりを流線型の魚がすばしこく泳いでいく。


わたしの友人は大半が生きものや自然観察を通じて出会った人たちだが、とにかく生きものの話だけしていれば愉快なので性別や立場の違いをあまり気にせず、人間性に妙に深入りせずともいっしょにいる時間を楽しめるメリットがある。それでも色恋に発展するような関係ではないと安心してふたりでフィールドに行ったらしつこく口説かれた、などのエピソードは珍しくなく、女同士で愚痴ったり憤慨しあうことも多い。

そんな中、いろんな話をして特別な友人になっていく男性は、自分が「男らしさ」を求めてしまう気持ちの取り扱いにちょっと悩んでいる感じの人が多い。感情のコントロールや弱音を上手に吐く術を、本やカウンセリングで学んでみたという友人もいる。

別の男友達は「以前はちょっと好きな女の人にはいちいち〝その先〟を求めていたけれど、ごはんだけで満足できるようになったのがターニングポイントだった気がする」と言っていた。

「二十三時まで話したあとも二軒めで一杯つきあってくれたりすると、それで性的に何かできるかもというよりその状況で安心して過ごしてくれているのが嬉しくて、離婚したあとにそんなふうに会ってくれる友人がいたのがすごく心の支えになった」

もし片方がある日その気になって「セックスしよう」と言いだしても、もう片方が「いや、したくない」と断ったら誘ったほうも「そっか、ごめんね」と謝っておしまい、その信頼関係さえあれば心はじゅうぶん満たされる。

たしかに「セックスしよう」が暴力になりうるのは「セックスしよう（断ったら逆上するかも）」だからであって、「セックスしよう（対等な関係での一切しつこさがない提案）」だったら、驚かせることはあっても暴力とはならないだろう。

ネットで好きなものの好きなところを執拗に唱えつづけていたら、クジラの死肉を目がけて集合する奇怪な生きものの群れのように、遠くからにおいを嗅ぎつけた同好の士が集まってきた。

そうして集った友人たちと話すとき、よく頭に浮かぶイメージがある。「海で生まれてふだんはむりやり陸に上がっているハゼのような生きものが、海でふたたび合流した」みたいな感じだ。

磯は明るくて海水はあたたかく、言葉はくぐもって優しくなるけど波になってよく伝わる。ハゼたちは寄り集まって、陸のしんどさについての話もする。そこで、陸での理不尽に対抗するパワーや、自分も理不尽の一部になってないか、という自戒の気持ちをもらうことがある。

すべての人と自分の磯を共有できるわけではないが、知らないだれかにもその人の磯があればいいなと思う。だれかを好きになる力も、そこから湧いてくると思うからだ。

4

恋愛の謎と痛み

わかられてたまるか

一般的に恋愛というのは幸せになろうとしてするものだ、と思われているが、喜怒哀楽を円グラフにすると90％は泣いていて9％は怒っており、残りの1％だけがキラキラと植木鉢の中の土のなかのバーミキュライト[*1]みたいに輝いている、という症例も、世の中には探すまでもなくたくさんある。

ある女友達は、相手を換えながら似たような不幸をたずね歩いているみたいに見えた。いつも選ぶのは「よりによってそいつか」というモラハラ野郎だ。大塚駅前の路上で声をかけてきたキャッチの男とつきあっていたときは「夜中の二時でも三時でも、呼び出されたら出動できる態勢を整えてる」と外科医か消防士のようなことを言っていたし、彼女が弁護士事務所に就職したときの恋人は「たとえボス弁[*2]といえども、男の運転する車に乗ってはいけない」などのモラハラ十七か条を制定し、彼女に暗記させた。

彼女の近況報告を聞くたびにわたしは口をきわめて相手の男をののしり、「なんでそんなに下に置かれたがるのかわからない」と説教し、毎回別れることをすすめたが、彼女が聞く耳を持っていたことはない。彼女はたしかに、そうした恋愛に身を投じることで外科医か消防士ばりに充実しているようだった。

何年も会っていない彼女を思い出したのは、映画『愛がなんだ』*3を観たからだ。なかなかに自分勝手なクズ男であるマモちゃんの呼び出しにいつも応えられるように、定職につかないくらい入れあげる主人公・山田テルコ。マモちゃんはテルコの献身を雑にいなしながら、ぜったい自分には振り向かないタイプの年上の女・すみれのまわりを子犬みたいな目でウロウロしている。テルコの唯一の友達である葉子や、葉子にこれまた都合のいい男扱いされているナカハラも入り乱れて話は進むが、対等で思いやりに満ちた心あたたまる恋愛関係はひとつも出てこない。

旅先の大阪・梅田の映画館で観たのだが、上映後に明るくなった映画館から出ていくときに、うしろに座っていた女の子が友達に「刺さりすぎて死にそう……」とささやいた。トイレでは三人づれの女子たちが「わかるとかわからんとかのレベルやなくてさ……『ハァ?!』って感じやった!」とプンプンしながら手を洗っていて、他人のそういう反応も含め「恋愛映画を観たなあ」という感慨に包まれた。

恋愛をテーマに文章を書くと「わかる／わからない」という軸の感想がすごく増えると知った。要するに共感できるかできないか、だ。共通のルールがあるようで何もない、圧倒的な主観の中で起きているのに他者とのコミュニケーションがないと成立しない、濃い霧立ちこめる恋愛ワールドについて語るとき、人は共感のポイントをまず探らないと、不安で話をはじめられない。

一方で、書く側としては「共感を超えたところで心を動かせたらなあ」と思ったりもする。「ぜんぜんわからないのになんかすごかった」といつか他人に思わせられたら、たぶん「わかる」と言われるよりずっと嬉しい。

『愛がなんだ』は、わたしにとってはまさにそんな感じだった。あらすじだけ書いてみても面白さはほぼ伝わらないが、エピソードと演技と映像の積み上げがさみしい人たちの重みをリアルに出力していく。登場人物のだれにも強く感情移入できないまま、霧の向こうにゾウだかネッシーだかの巨大な生物の気配を感じ、うまくいかなかった恋愛のあらゆる記憶があさりの水管のように這い出してくる。

原作は角田光代の小説（ダ・ヴィンチブックスおよび角川文庫より刊行）なのだが、映画を観たあとで気になって読んでみたら、鳥肌が立つくらいこわかった。映画はいろんなエピソードをうまく再構成して、各登場人物に観客が気持ちの流れを理解しやすいようなフックが設けてあるし、トーンが暗くなりすぎないように上手に味つけしてある。小説版は、読めば読むほどテルコのからっぽな心の中にすべり落ちていくようだ。からっぽな人間が世界の中で自分の輪郭を確認しようとしたら、他者に同一化するか拒絶されるかしかない。

わたしはどちらかというと、いままでは恋愛映画や恋愛小説よりもホラーやサイコスリラー、人があっさりバカスカ死んでいくような作品を喜んで鑑賞してきたほうだ。黒沢清の映画やダン・ギルロイ監督の『ナイトクローラー』[*4]が好きだ。しかし、最近はままならない恋愛の映画や小説を漁っては、こわい話と同じ部分の味蕾が反応するのを楽しんでいる。

そういうどこかうしろ暗い楽しみをもたらしてくれた恋愛小説として、『愛がなんだ』と佐藤哲也の『シンドローム』[*5]、そして柴崎友香『寝ても覚めても』[*6]を並べて「迷妄三部作」と呼びたい。

佐藤哲也『シンドローム』は、ジャンルとしてはジュブナイルホラーに属する。中学生男子の主人公が住む街に謎の隕石のようなものが落ちてくる『遊星からの物体X』的な事態。しかし、作品全体を包む不穏さはクラスメートである久保田葉子への「迷妄」によるもので、それは物体Xとは独立した事象でありながら、共鳴するように昂進していく。目の前で起こることへの無力さ、同じく久保田葉子への迷妄にとらわれているように見える同級生男子への感情、それらを描き出す地の文は視覚的にも工夫されていて、読めば読むほど泣きたくなる不穏さだ。

柴崎友香『寝ても覚めても』も、地の文がこわい。いきなり現れていきなり消えた恋人と、その恋人にそっくりな顔を持つ男のあいだで揺れる女の話だが、観察の鮮やかさとあえて読みやすいリズムを崩した文体が他人に入りこんだような錯覚をもたらす。その上で、ぐにゃりと世界がゆがむような展開が用意されているからほんとうにこわい。


何度でも同じところで道を間違えて「なんでそっちの道を選ぶの?!」と何度でもまわりに怒られて、「いや、わたしとしては道なりに来ただけなんです。ほかの道は見えてたような気もしますが、わたしにとっては実質的に一本道でした、選べなかったので」という顔をする人がいる。そういう友達と対峙したときになんであんなに冷静でいられなかったんだろう、といまは思う。世間一般的な正しさを背負った気分でいた自分の攻撃性に心からうんざりしているし、彼女のその選べなさにどこかで納得している。

むしろこちらの感情がバグって「人は幸せになるために恋愛をするんだっけ……?どうだったっけ……ちょっとど忘れしたわ……」と混乱しはじめる。そもそも、合理的に幸せになりたい人間が恋愛をするだろうか。恋愛をしている人間のうち、恒常的に幸せを感じられている人間って何パーセントくらいなんだろう。

正しさや共感の向こうに行きたい気持ちが、迷妄の物語を求めている。違うだれかの心の中をのぞくために手に取ったはずなのに、穴の中の長いはしごを下りていくと、いつのまにか自分の心につながっている。はしごを下りた先に白っぽい水がたまっていて、ゆっくり泳ぐ巨大な生きものの影。それを見つめながら「なるほど、わかられてたまるか」とつぶやくのだ。

＊1　バーミキュライト：ケイ酸塩鉱物のひとつ。雲母系の蛭石《ひるいし》を加熱膨張させたもので、金色や銀色の光沢がある。農業や園芸の土壌改良材として用いられる。

＊2　ボス弁：法律事務所の経営者弁護士の通称。

＊3　愛がなんだ：二〇一九年公開。監督は今泉力哉。主演は岸井ゆきの、成田凌。

＊4　ナイトクローラー：二〇一四年公開のアメリカ映画。脚本家ダン・ギルロイの初監督作品。

＊5　シンドローム：福音館書店およびキノブックス文庫より刊行。

＊6　寝ても覚めても：河出書房新社および河出文庫より刊行。

男手を頼らない

隙あらば「やっぱり男手があるといいわねえ」という冗談を言ってしまう。用法としては、つきあっている男の人に固いビンのフタを開けてもらったとき、電球を替えてもらったときなどに用いる。わざとクネクネと芝居がかった感じで言って「なんだよ（笑）」と言われるところまでがワンセット。

隙あらば言いたいのだが、つきあっている人がいないと言う隙がない。

本気で「男手がほしい」と願うことがあるとすれば、それはたとえばだれかに命を狙われているときであり、「警察力がほしい」に言い換え可能だろう。実際には、ひとりのときにビンのフタが固まっていたら、無表情で湯せんしてあたため、然るのちスプーンの柄を差しこんでこじ開けている。

電球をできればだれかに取り換えてもらいたいのは、取り付け場所に合う口金をチェックしたり、昼光色やら蛍光色やら白熱球やらＬＥＤやらを数多ある電球から選ぶのが苦痛だからだ。踏み台にのぼって取り替えること自体はそこまで面倒ではない。むしろ、ＩＫＥＡで買って組み立てた踏み台が何をどうしてもグラグラしていることのほうが喫緊の課題だ。

家に来た人が見かねて「なんでそのままにしてるの！　しょうがないなあ」と言いながら、開かずの瓶や切れた電球の改善に着手してくれることがある。いやいや、そんなに困ってないんですよ、わたしほどの者になると。「暗いと不平を言うよりも、すすんで明かりをつけましょう」の境地を超えて「暗いと自然と眠くなる（スヤァ）」だけなのです。七面鳥のように。

なぜ七面鳥がここで出てくるかというと、むかし読んだファーブルの伝記まんがで、ファーブルの幼少期のいたずらエピソードとして「七面鳥の首を羽毛の中にしまってユサユサ揺さぶると、七面鳥はコロリと眠ってしまう」というのがあり、あこがれているからだ。七面鳥の体調に影響がないのであれば、いつか試したい。

話が逸れたが、わたしはどうやら「電球替えてくれてありがとう」という照れと「別に困ってないのにダメなやつ扱いされた……」という反発が愛憎半ばしたとき「やっぱり男手があるといいわねえ」と発しているらしい。

今回はもともと「ちょっとしたことを恋人に頼るのはいかにもスイートで、親密さが高まりますね」的な話をしたかったはずだ。しかし、振り返ればそこには「至らない部分を人に指摘されて、素直に感謝せず茶化すのはいかにもモテない奴の特徴」という事実が浮かび上がる。

会社の寮に住んでいたとき、よくものを借りにくる同期がいた。借りていくのはガムテープとかささやかなもので、かわりに旅行のお土産とかをくれるのだが、わたしは内心「ガムテープくらい、そこのコンビニで買ってきたらいいのに」と思っていた。わたしなら「だれかの部屋をノックしてものを借りる心理的負担」が「着替えてコンビニに行ってガムテープを買ってくる面倒くささ」を上回る。

だが、彼女が社内で仕事している様子を見ると、万事においてちょっとした借りを作るのが上手だ。頼られた相手は嬉しそうで、そのあとのコミュニケーションがスムーズになる。

そういえば「ささいな頼みごとをすると親密度が上がる」と、ドラマ「メンタリスト」[*1]でパトリック・ジェーンも言っていたではないか（潜入捜査で容疑者に近づくシチュエーションだったが）。わたしだって、たまにエクセルの書式設定について教えてあげたくらいでめっちゃ感謝されると、気が大きくなって「またいつでもどうぞ〜」とか言ってしまう。

頼りにするのが上手な人は逆に自分が頼られるのも上手で、そのバランスが絶妙だ。頼ったり頼られたりが、親密度を上げる機会として適切に機能する。大きな相談事も、おたがい構えずにできる関係になる。逆に、ふだん人に頼るのが上手でない人間ほど、いったんだれかを「この人は頼ってもいい人！」と認識すると歯止めが利かなくなる。一対一で向き合う場面の多い恋愛においてはなおさらだ。

わたしはこの歯止めがなくなるのがいちばんこわい。電球を替えてくれなくてもビンのフタを開けてもくれなくてもいいが、「恋人ならこれくらいわかってくれるはず」という期待が大きすぎる自覚があるし、期待が裏切られたときにちゃんと話し合って軌道修正できたことがない。

女性の家に住みこんでヒモをしていた友達がいる。

いまは家族がいて、家事育児も上手にこなしているようだ。その様子を見て「ヒモのときも、ごはんを作ったり洗濯をしたりしていたの？」と訊いたら、「は？？？？？」と言われた。

「家事をしたらヒモじゃないでしょ？　それは立派な家事労働でしょ？」

たしかに家事は立派な労働なので質問のしかたがよくなかったが、家事をやってなかった文脈でそんな上から言われても。じゃあヒモとして、何を提供していたんでしょうか。

「家で『おかえり』って言ってくれる人がいたらそれでいいっていうのが彼女の希望だった。ヒモは恋人じゃないから、よそでだれかとつきあってもやきもちも妬かれないし、妬かれる筋合いもない。家にいるときだけいっしょに過ごして、電話番号も知らなかったから就職して土地を離れてからは連絡も取ってない」

聞いているうちに「これ以上は期待しないし、されない」という明確なラインがあるのは、恋人や配偶者より楽かも……という気持ちになってきた。家族ある人との不倫が何年も穏やかに続いてしまうケースはよく見るが、それと同じ理屈だ。

ただ、そこまで線引きできているヒモ契約は世間でも珍しいのではないか。そもそも、雇用主（?）が優秀すぎる。求めるものと与えるものを明確に言語化でき、しかもそれを交際期間中ずっと守りつづけて……恋人同士でも、それができれば（そして要求が嚙み合えば）うまくいくだろう。

だれとどうつきあうにしても、何をしてほしくて何をしてほしくないか、それを早めに伝えるのが大事だな……と、ものすごく当たり前のところに着地したやりとりだった。

他人との「役割」が明確に決まっていない人との関係にストレスを感じる者としては、自分の役割が決まっているイベント運営などは、体力的にはきついが気持ちとしては楽だったりする。ただし、協力してくれる人になんらかの役割をお願いするのは、やっぱりすごく難しくて負担をかけまくっている。

ひとりではできないことをやろうとしている最中、「男手」や「人手」という言葉にはあまり意味がないんだな、と実感することが最近多い。「男手が足りない」「人手がない」と言うとき、その手には顔がついていないが、実際にはやることが無限にある中で「だれがやっても変わらない仕事」というのは驚くほど少ない。体力があるかどうかも、実はそんなに関係ない。だから「男手があるといいわねえ」という言葉は、今後もたぶん、冗談でもなければ使わないんだろう。

逆に、顔を持っただれかが自分で考えながら手を貸してくれることで、ひとりでは思いつかなかったものがどんどん生まれてくる。それが楽しいから、「あなたならこういうことをしてくれるんじゃないか」という期待と共に頼りたいし、そのほうが期待以上のものを見せてもらえる確率が高い。

自力でビンのフタをこじ開けるのも達成感があって好きだが、ひとりでできることばかりやっていると、自分自身がビンのフタみたいに固まってしまうことがある。これからもだれかと役割を分担することで、ちょっとずつでも変わっていきたい。

＊1　メンタリスト：アメリカの刑事サスペンスドラマ。二〇〇八年の初回放送以降、大ヒットを記録している。天才的な読心術を持つ元・偽霊能者が、カリフォルニア州捜査局にコンサルタントとして協力しつつ、妻子を殺した連続殺人鬼レッド・ジョンを追い詰めていく。シーズン7まであり、レッド・ジョンがあまりにも捕まらないためだんだんレッド・ジョンの正体がどうでもよくなってくる。

STOP! 焼畑農業

MMR（メレ山ミステリー調査班）の調べによれば、世の中には二種類の人間が存在している。交際相手だった人と友達でいつづけられる人間と、交際相手だった人と別れたら完全に縁が切れるしできればもう会いたくない、という人間である。

ある日、飲み会で「元恋人との関係がいまも良好か」という話になった。これまでにつきあった人が複数いればケースバイケースでもよさそうなところ、これが意外と人によって真っ二つになるのだ。

友人のひとりは「これまでつきあった人とはみんな、穏便に別れたしいまもいい関係」と言い切った。ハァァ……やっぱり人間ができている……と感嘆する。

ちなみにわたしは、完全に縁が切れるほうだ。

世の中には「焼けぼっくいに火がつく」という現象がわずかながら存在するらしい。

想像してみて「一度口に入れてぐちゃぐちゃになったものを口から出してまた食べるくらい無理……」と言ってしまったことがある。

おいしいものをぐちゃぐちゃに嚙むのは喜びのはずなのに、いったん口から出すと生理的に無理になってしまうのはなんでだろう。無理でなかったものを無理にしてしまったのは自分の歯と唾液であり、汚いのはつまりは自分ということにならないか。でも、もし砂漠でほかに食べものがなくてものすごく餓えていたらぐちゃぐちゃにも手を出してしまう、その程度には無理ではないと言えるかもしれない。

自分の中での忌避感をうまく表現できたのは満足だが、元恋人と復縁経験がある人には不愉快な喩えになってしまった。もしかしたら「なんでや！　一度口に入れてぐちゃぐちゃになった食べもの最高やないか！」とお怒りの向きもあるかもしれない。

わたしだってつきあっている最中なら、いい思い出はテープがすり切れるほど反芻する。だが、別れはなぜかすべてを反転させてしまうのだ。

復縁までいかないにしても、元恋人とも関係良好でいられたら、いられないよりは人生お得な気がする。「わたしは人間できてないから無理だわ……」と肩を落としたが、「それは違う！　少なくともわたしは優しすぎるからこそ、もう友達には戻れないのだ！」と主張する友人もいる。

彼女はぱっと見には自由奔放そうで一種のカリスマ性があり、非常にモテる。だが、内心ではすごく気を遣う性格である。相手を否定することに強いストレスを感じ、好意のストックを使いきって同じ空気を吸うのも限界になるまで我慢を続けてしまうからこそ、別れ話を切り出すころには「何をどうしようがもう絶対に無理」という状態になっているのだという。

言い分はわかるが、彼女の我慢が見えづらいため、気持ちが離れていることにまったく気づけない相手の人も不憫だ。外資系金融とかであるという、内々に人事査定が進んで、お昼休みにランチから戻ったら自分のＩＤカードをピッとしてもオフィスに入れなくなっている系のヤツだ。「悪いところあるなら直すから」と口走っても後の祭りである。まあ、「悪いところあるなら直すから」と口走ることになる場合というのはたいてい極限まで詰んでいるし、悪いところがそれで直ったという話もあんまり見たことないけど。

別れ話が悪いところの指摘になってしまったら、もうダメだと思う。「嫌いになったわけではないが別れたい」と言ったら「なんで嫌いじゃないなら別れないといけないのか。自分はそんなに悪い恋人じゃなかったと思う」と言われ、「いやいや、これこれこういう悪いところその一とその二とその三をいくら言っても直してくれなかったじゃん」と思わず口走ったら「やっぱり嫌いになったんじゃないか！嘘をつくな！」と怒られた経験がある。たった二ターン目で、傷つけないようにするという本来の目的を忘れ、相手の論破に走ってしまった自分のこらえ性のなさに乾杯だ。

そして人のことは言えない。自分が別れを切り出されるほうになっても、じりじりフェードアウトされているのを感じたら「誠実じゃない」と思うけれど、はっきり言われたら言われたでやっぱり腹が立つ。自分の山より高いプライドが、NOを言うときも言われるときも人間関係を破壊に導く。円満に別れるスキルをお持ちの方は、ぜひとも別れのやりとりを後学のために見せてほしいものだ。

MMRはさらに、友達に戻れる・戻れないの分水嶺は、別れが険悪だったかどうか以外にもあるのではないか、との仮説を検証中である。「そもそもつきあう前に友達期間がなかった」というパターンだ。

友達に「チョロ山」と蔑称で呼ばれる程度には惚れっぽいメレ山。これまでを振り返れば人を好きになるや「人生にゆっくりしている暇はない！　とりあえず好意は隠さずに接触してみよう！」と近づいていき、いざ脈があると「ウワーッ！　なんかいけそう！　好きだ‼」となって、相手さえウェルカムであればつきあうときにはわりとトントン拍子で成約してしまっていた。

友達に戻ろうにも、戻る場所がなければ迷うに決まっている。通常はもっとじっくり時間をかけて自分との相性を見きわめたり、関係を育てたりするのだろう。しかし、「なんかこの人自分のこと好きなのかな……気持ち悪いけどはっきり言われてないのに断るのも……」と相手に思われてしまったら耐えがたいから、好きになりすぎる前に突進し、自分でとどめを刺しておきたいのだ。

そうやって清水の舞台から何度か飛び下りて、うまいことといったりぜんぜんダメだったりしてきた。だが、うまいことといっても最終的に何かぐちゃぐちゃしたもののイメージしか残らないというのは、さすがに人とのつきあい方に難がありすぎる。


本来の焼畑民族による伝統的焼畑農業は、持続可能性を重視した循環的な農法であり、このようなネガティブなたとえに持ち出すのは不適切であるらしい。人間関係の焼畑農業。……もとい放火魔。あまりにもエコに反している。いいなと思った人が不毛の地になってしまうくらいなら、はじめからこの森に手をふれず、豊かな生態系ごと保全したい。SAVE THE EARTH……とWWF（世界自然保護基金）のパンダみたいな顔でつぶやく日々だ。

バンクシアという植物をご存じだろうか。オーストラリアの乾燥地帯に育つ植物で、松ぼっくりに似た巨大な実をつける。生育地域では山火事災害が多く発生するが、バンクシアは山火事に適応しており、火に反応して果実を裂開させる。つまり、厄災であるはずの火事を味方につけて世代を更新し、焼け野原となった大地でいち早く日光を独占するのだそうだ。

「(人を好きになって)こんな(つらい)思いをするのなら花や草に生まれたかった」というインターネット名言があるが、植物だってこうやってエグいレベルの戦略でピンチをチャンスに変えている。わたしもあやかって奇怪な実を結実させたいと思い、最近は「好きにならず、ただ推していればよいのではないか?」などの思考実験を続けているところだ。

恋愛の残りもの

昔つきあっていた人は「さとみ箱」を持っていた。

　はじめて彼の家に遊びに行ったとき、部屋に靴箱がおいてあるのを見つけた。ふたにマジックで「さとみ」と書いてある。好奇心に負けて「これなーに？」と尋ねると、彼はしまったという顔をしながら箱を開けてくれた。

　中には、元彼女であるさとみと行った映画や遊園地の半券、手紙入りの封筒などがごそっと入っていた。わたしの不可解な顔を見て、彼は「処分するよ」と言ったが、わたしは「いや、とっておいたらいいんじゃないかな……」と言った。これを自分が捨てさせたことになるのは厳しい。

　さとみを忘れられなくて箱を持っているのではないことは、態度を見ればわかる。嫉妬しようがない。たしか別れを切り出したのも、彼のほうだったはずだ。ただ、どういう気持ちで箱を作って保持しているのかよくわからない。できればメレ子箱を作るのはやめてほしいな、さとみ箱は好きにしていいから……と思ったが言えなかった。

彼と別れてから数年後にmixiで「元気？　僕はいま海外留学してて、大変だけど充実しています」というメッセージが来たが、返事をしなかった。元彼女との思い出を大事に取っとくくらいなら、別れるときに変態メールでわたしをドン引きさせたことも記憶の片隅に置いといてほしい。

しかし、よく考えてみれば「とっておく」ことと「忘れられない／大事にしている」ことはぜんぜん違う。

部屋が汚すぎて床が見えない人の家に行ったことがある。わたしは「大事なものがゴミに埋もれて、飾ることも探すこともできないのは持ってないのと何が違うの？大事なものだけにしようよ」と言った。すると家主は「要らないといえばぜんぶ要らない。そもそも何が要らないかと考えていくと人生そのものに価値がないのであって……」と言いだし、わたしは「極端から極端に行って価値判断を避けるなッ！」とかんしゃくをおこした。そのあと片づけを手伝ったが、ガラクタの多さにイライラしすぎて必要なものまでゴミ袋に入れてしまい、今度はわたしがブチ切れられたのだった。

わたしは基本的にはものを捨てやすいほうだが、すべて覚えておきたいという欲求は強い。覚えきれないものを、写真や文章に残す。残すことで安心して忘れられる。

自分が残していたものでドン引きされたこともある。フィルムカメラで写真を撮っていたころのアルバムを恋人に見られ、元恋人と撮った写真に「ごめん、こういうの平気なほうだと思ってたけど、意外と心に来る……！」と爆笑された。別に大事にとっておいたわけじゃなくて、単に元恋人の写真を選んでアルバムのスリーブから出して捨てて、また順番に詰めなおす労力を割けなかったのだ。箱に分けてあるならすぐ捨てられるけど、友達や旅先の写真も入ってるんだもの……しかし、見せてしまったのはやはりがさつとしか言いようがない。

恋愛の記憶やそれにまつわるものの処遇は個人の勝手だが、問題は終わる人たちのあいだにものが残ってしまった場合だ。

どう見てもこれ、相手は別れたがっているなという状況をじょじょに受け入れて数か月。わたしは上海、向こうは東京にいるため連絡を取り合うこともほぼ絶え、このまま自然消滅していくかと思われたが、東京にある部屋の合鍵を渡したままなのが引っかかっていた。

悪用されるとは思っていないし、連絡せずに鍵を換えてもいいのかもしれない。しかし、簡単には複製できない特注品だし、父母や姉に渡した合鍵を刷新する理由も説明しにくい。それに、向こうが自然に消滅したがっているとしても、こちらはすっきり終わらせたい。何より「わたしたち、別れましょう」と言いだして「もう別れてるでしょ?」と言われるよりは、「合鍵を返してほしい」という用件に言外のメッセージを込めるほうがまだ気が楽なように思われた。

一時帰国のタイミングで会って、鍵をもらってすこし話して終わりにするはずだったが、彼にその約束をドタキャンされた。それは仕方ないとして、約束を再調整する前に「鍵はお昼休みにでも、会社の近くまで持っていきます」と言われ、腹を立ててしまった。「わたしは鍵を受け取って、どんな顔で会社に戻ればいいの? そもそも鍵を返してほしいとわたしに切り出させるまで、わたしがどんな気持ちでいたと思ってる?」

彼は謝ったがもういいやという気持ちになり、鍵は郵送してもらうことにした。単に、もう会うのがこわかったのもある。好きだったものが好きじゃなくなっただけで、われわれはおたがいに滑稽なほどおびえている。

鍵は封書で送られてくるはずが、届いたのは小包だった。開けてみると、鍵といっしょに漫画の全巻セットが入っている。なんでこの漫画が入ってるんだろう。たしか以前、わたしが「ちょっと読みにくいけど面白いよ!」とすすめたやつだ。そして彼は「じゃあ読んでみる」と、その場でAmazonの「1-Clickで今すぐ買う」ボタンを押していたじゃないか。

彼がすすめられたものを「今度買ってみる」で流さず、その場で買うところが好きだった。何度かそういうことがあって、「人たらしのテクニックだなあ」と思いつつもまんまと嬉しかったから、よく覚えている。しかし、彼はそのことをすっかり忘れ、どうやらわたしに押し貸しされた漫画を返したつもりらしい。冗談じゃない。頼まれたのでもないかぎり、わたしは他人に本を貸したりしない。会ってすらいないのに、ダメージを与える能力が高すぎる。

意識してできる意地悪ではない。彼のわたしへの関心のなさは、弓を弓と認識できない名人芸の域に達しているのであった。不射の射で人を攻撃するのはやめろ、心が死ぬ。この漫画はしばらく読めないだろうと思いながら、段ボールごと部屋の奥に突っこんだ。そのうちブックオフに売り飛ばしてやる。

「今すぐ忘れる」ボタンがあったら、いまならすんなり押せる。いや、彼に先にそのボタンを押されてしまったんだろう。わたしだって、そうやって何度も押してきた。でも、やっぱり先に押されると痛い。押すほうも押されるほうも痛いことは知っている。年だけとっても人と対話する能力が身につかないと、こうして黒い箱ばかり増えていく。

その次に帰国したとき、彼からあらためて埋め合わせの連絡があり、最後にランチをいっしょに食べた。おたがいに食事中、穏やかに話し料理をほめ称えることを心がけ、核心にふれる話はほとんどしなかった。店を出て駅に向かう道で「ほんとごめんね」「めっちゃむかついたよ」と会話しただけだ。

「このまえはじまった連載、自分のことを書くようで書かないバランスが絶妙だよね」と彼はこの本のもとになった連載のことを口にして「おれはいつか出てくるんだろうか」と言った。わたしは反射的に「書かないよ」と言い返したが、いまこうして書いている。時間が経って、みっともない記憶が「書けない黒い箱」から「書けそうな黒い箱」のほうに移ってきたからである。

彼がこれを読んだら「結局書くんかい」と怒るだろうか。でも、おそらく読むことはないだろう。なにしろ彼はもうずっと前から、無関心でわたしを傷つける達人なのだ。

5

信頼できない語り手、懲りずに人を好きになる

夜道に転がる

「夜って、まわりにだれもいないときに道に転がってみたりしますよね」

女四人で食べものと酒を持ちよって我が家に集まり、いつ果てるともない飲み会をしていたときのことだ。なんでそんな話になったのか思い出せないが、だれかがそう言いだした。

しないよ。あと「夜って、」ってなんだ。わたしはとっさにそう思ったが、さらにもうひとりが「わかる。マジで解放感がある」と名乗りをあげた。そのまま「野宿は場所選びが大事だよね」と話している。n＝2とはいえ、この場の半数が夜道に転がりがちな女。どうなっているんだ。

みんな酔っていたのもあり、夜道転がりについてさして深く掘り下げることもなく話題は移ろっていったのだが、それからじわじわと「夜道……なるほどな……」と考えこむことが増えた。

たしかに、想像するだけでもスリルと背徳感と解放感がある。夜露で湿ったあぜ道、丸い石のごろごろする河原や真夏の生ぬるいアスファルトを背中で感じたい。夜道に転がったことがないなんて、人生の大事な部分を損している気さえしてくる。

そもそも三十余年生きてきて、人に言われてやっと夜道転がりの可能性に気づくというのは、いささか面白みに欠けるのではないだろうか。文章を書いたりイベントをやったりしてちょっとばかりユニーク&ワイルドであろうとしているわりに、自分の凡庸さにうんざりすることばかり。いや、逆だ。道を踏み外せない自覚があるからこそ、ユニーク&ワイルドにあこがれているのだ。

それにしても、女たちでつるむのが最近楽しい。恋愛の進捗報告がメインの昔の同級生や会社の同期との女子トークも楽しかったけど、みな結婚や子育てに忙しく、だいぶ疎遠になってしまった。大人になってから出会った女友達は独身・既婚・離婚・子持ちとステータスも年代も幅広いが、おもな話題はアイドルやアニメや工作や昆虫、そして夜道。この繋がりは大事にしていきたいな……としみじみ思う。

いまさらながらその良さに気づいても、やはり夜道はこわい。犯罪者や幽霊などの恐怖と隣り合わせだ（他人からしたら、夜道に転がっている女も怪異サイドのほうに分類されるとは思うが……）。実際にひと気のない夜道にいるときには、一刻も早く明るい部屋に急いでしまう。

みんなで転がればこわくないかも。先述の女たちと、沖縄で遊んだことがある。那覇からレンタカーで沖縄本島を北上し、一棟貸しの民家に泊まった。縁側から入る風を感じながら、スーパーで買ってきた食材でごはんを作ってお酒を飲んだ。小学生の子供がいる友達は、ビールを片手に「わたし、ついに子供を家においてて泊りがけの旅行ができるようになったんだ……！」と噛みしめていた。

そのうち、街灯に虫が来ていないか見に行こう、とだれかが言いだした。ふらふらと外に出て、ガードレール沿いの草むらをチェックしながらしばらく歩いた。残念ながら虫はほとんど見つからず、宿の庭先に咲いた百合の花びらを何匹ものナメクジが食べけずっているだけだったが、すごく贅沢な時間だった。

いま思えば、あれが夜道転がり経験値を積む絶好の機会だったのに惜しかった。言ってよ！　転がろうって！

夜道は、記憶と想像力も刺激する。

昔つきあっていた人と、芝生で転がって話すのがブームだった時期があった。それは昼間の話だが、ふたりして芝生に執着し、天気さえよければ公園や緑地におやつを携えて転がりに行っていたのである。

そんな日々のある週末、友人の結婚式に出ることになった。金曜に仕事が終わってから移動して、式場の最寄りである地方駅を出たら真っ暗でだれもいない。むこうに光るビジネスホテルの看板を目指して駅前ロータリーの芝生を突っ切ると、踏みしめた芝生からむせるような甘いにおいがのぼって鼻を打った。その瞬間、芝生デートの記憶が脳内に飛び出す絵本のお城のように生々しく立ち上がり、自分史上最高に気持ち悪い思い出し赤面をしてしまった。

翌日は仕事がなく、家からも会社からも離れた場所にいる。解放感を満喫しながらも、芝生のにおいを触媒にして、遠くにいる人を身近に感じている。いまこの瞬間は無敵だ、と思った。

そのとき感じた気持ちが、いまやデートそのものの記憶よりなつかしい。遠くに大事な人がいることの確認もひっくるめて、ひとりで移動する時間が好きだ。

上海に駐在していたとき、清明節の三連休を利用して、雲南省・大理市の喜州鎮[*1]という古く小さな町に行った。

宿は大理の少数民族である白族の古い家を改築した建物で、窓の外は一面の菜の花畑だ。ただ花期はほとんど終わっていて、緑の茎におびただしい豆の房がついている。わたしは町中の通りで買い食いをしたり、持ってきたパソコンをため息をつきながら開け閉めして過ごしていた。

夜になると冷えてきて、窓を閉めるついでにベランダに出たら、畑から草の香りがぶわっと襲ってきた。それでまた芝生の記憶がゾンビのごとく甦ったわけだが、あのときと違って、においと共に思い出すべき人がいないのがちょっと残念だ。

上海で暮らすようになってから、慢性的なホームシックにかかっていた。ほぼ毎日、さびしさについて考えるようになった。どこにでも行けてどこででも眠れるような人になりたいと思って中国に来てみたけれど、ぜんぜんタフになれないなあ。

でも女友達と話していると、結婚していようが子供がいようが、それぞれのさびしさや息がつまるときがあるのだとわかる。そのはざまにときどき、満たされた瞬間の飛び石があるからなんとかやっていける。夜道に転がるのも、そのひとつだ。飛び石の置き方や見つけ方を教えあう友達がいてよかった。

空港に向かうタクシーの中で「あ、夜中に菜の花畑で転がるチャンスだったな」と気づいた。もしかしたら、一生このまま転がりそびれるのかもしれない。

これからは真夜中の草のにおいを、前に好きだった人だけじゃなくて夜道に転がるのが好きな女友達にも心の中で結びつけておこう。今夜もどこかで、こっそり夜道に寝転んでみているかもしれない。野生動物みたいに周囲に神経を研ぎ澄ませつつも、星空を見上げて夜気を急いで吸いこんでいる。そんな様子を想像するだけで、気持ちがほぐれていくようだった。

＊1　喜州鎮：大理石で有名な大理市にある白族の村。大理古城から北二〇キロメートルに位置し、山と湖に挟まれた風光明媚な土地。

砂漠で霧を待つ

数年前から「井戸理論」というのを唱え、いろんなところで書いている。

元ネタはサン＝テグジュペリ『星の王子さま』終盤に出てくる王子さまのセリフ「砂漠が美しいのは、どこかに井戸を隠しているからだよ」だ。詩的で想像力をかきたてる言葉だが、ふだんは「会社が美しいのはね、有休を隠しているからだよ……」とか言ってふざけている。いや、有休というものの尊さを考えるに、冗談ではすまないのだが。

わたしにとっての砂漠は「人間」とか「社会」とか「世間」であり、井戸は「好奇心」とか「情熱」とか、要するに人を人たらしめるものである。

生きもの観察会でもユーザーイベントでも同人誌即売会でもいい。「好き」で集まる場所で目を輝かせている人たちを見るたびに「えっ……人間って、こんなに活力にあふれた生きものだったのかよ⁉」と思う。この楽しそうにしている人たちが家に帰って、翌朝からまた死んだ目で電車に乗ったりパソコンを叩いているのであれば。逆に言えば、わたしがふだん死んだ目の姿しか見ていないあの人にも、心からわくわくする瞬間があるのかもしれない。そう考えてなけなしの元気を出すというのが、井戸理論である。

「いや、そもそも仕事が好きなので、死んだ目で仕事してねえよ」とか「別にそんな瞬間もないけど、年中死んだ目じゃいけないのかよ」という感想もあるだろう。特に後者は、無気力を友とする女として「そうですよね！　死んだ目で生きる自由もありますよね！」と身を乗り出してしまったりもするのがややこしい。

ともあれ、井戸理論は苦しまぎれに編み出した精神安定法なので、共感できなかった人も許してほしい。「この人たちも好奇心の井戸を隠しているに違いない……」と思いこむことで、わたしの死んだ目にかすかな火が点るのだ。

これも何度目の呪詛になるかわからないが、わたしには自分が「正しいオタク」ではない、という暗いねたみの心がある。

趣味の世界がどこでも風通しがいいわけではないが、風通しのいい趣味の場所でモテる人というのは、

①膨大な知識と好奇心に支えられたマイワールドがあり、

②対象への愛ゆえに興味を持った人の首ねっこをつかんで沼に引きずりこむ健全な

エネルギーをそなえ、

③自分が愛の赴くまま行動しているので他人にとやかく言うことが少なく、基本的に上機嫌である

という、巨大な恒星のような存在である。すべて真反対の人間からすると、サングラスをかけずに直視すると目が灼かれる。

そして、そういう人のまわりには自然と慕う人が集まり、はた目にも気持ちのいい関係ができていく。砂漠のオアシスに人が集まり、街ができていくように。

たとえばわたしと仲良くしてくれる生きもの好き界隈のいいところは、生きものそれ自体が面白いとかフィールドの宝さがしの楽しさだけでなく、分野Aと分野Bの達人がおたがいを尊重しあいながらキャッキャしている場面を観測しやすいことだ。年長の男性が年下に敬語を使って丁重に接し、教えを乞うているシーンなどを見ると、外野で勝手に「ハァ〜〜敬意に満ちた仲良し関係……良い……」という心理になってしまう。

この関係性に萌える気持ちは、語弊を恐れずに言えば、めちゃくちゃいい感じのBL二次創作とかを読んだ感じに近い。実際にBLという言葉を使って知人どうしの関係を形容してしまったこともあるが、それは良くない。ナマモノ（生身の人間）でのBL妄想は、単純にものすごく失礼なので厳禁である。あと、せっかく恋でも愛でも

ない関係の良さに萌えているのに、わざわざ恋愛的な要素を絡めたら台無しだ。

我に返って当事者の奥さんに「すみませんでした」と謝ったところ、どことなくワキワキとした様子で「うちの夫は攻めなんでしょうか、受けなんでしょうか……」とつぶやいていたので、なんか良くない扉を開けてしまったのではないかと不安になった。別の友達には「そういうブロマンスな関係性が好きなら、ちゃんと妄想の中で楽しめる○○や△△という作品があるから……」と、BL沼に優しくおいでおいでされた。

恋でも愛でもない関係性を楽しめる創作も、BLに限らず増えてきているように思う。現実の中で、尊敬や尊重にもとづいた仲良し関係の観察につとめてしまうのは、年齢・性別・役職等にまつわる上下関係やしがらみに、それだけ深くうんざりしてしまっている反動なのだろう。


ところで、砂漠=死の世界ではなく、その過酷な環境に適応した愉快な生物の棲み処でもある、というのは、ちょっと生きものが好きな人ならみんな知っていることである。

アフリカ南西部のナミブ砂漠に住む「キリアツメ」という属のゴミムシダマシがいる。見た目は黒っぽい地味な甲虫だが、彼らは極端に雨が少ない土地で、水分を得るために変わった行動をとる。夜に海から流れてくる霧をとらえるために、砂の上に逆立ちのような姿勢で立ち、そうして体の表面に結露した水を口に垂らして飲むのだ。

実際にナミブ砂漠に生きもの観察に行った友人から見せてもらった砂漠の写真は、赤茶色のなめらかな砂丘と群青色の空のコントラストが強すぎて、遠近感が狂う。「Windowsの背景画像に人をクソコラしたみたいですね」と失礼な感想を述べてしまった。

砂漠が美しいのはね、体に霧を集める不思議な虫を隠しているからだよ。

友人知人の人間関係を観測しては萌えているわたしも、キリアツメと同じようなものかもしれない。それで砂漠が美しくなるかどうかには、責任が取れないが。

また虫の話をしてしまったが、この本は恋愛の話をすると見せかけて、わたしの好きな虫や生きものの話をする場なのでそれでよいのである。できれば最初から最後まで虫の話だけしていたいのだが、恋愛や人間関係がテーマのように偽装している。そうするだけで、99%虫の話をしていても体感比で三十倍くらいの人たちに読んでもらえるので不思議だ。

おまえら、そんなに人間が好きか。やはり、ゴミムシダマシではなく人間として生を享けたのが何かの間違いだった。ブツブツ言いながら、今日も不思議なポーズで、海から流れる霧を待つ。

サイチョウはBLの夢を見るか

「メレ山さんは『自分がなぜBL（ボーイズラブ）に惹かれるのか』を考えたことがありますか？」

山道を走るドライブの最中、ワクサカさんにそう問われて、わたしは思わず「ねーよ！」と答えてしまった。運転者が退屈しないように気を遣うのは良き同乗者の務め。ましてや話の腰をひとことで折るなど、同乗者七つの大罪のひとつにあたるのだが、ちょっと唐突すぎだ。

ワクサカソウヘイさんは文筆家としてコントの脚本やエッセイ・小説を書いているが、最近は拾ってきた石ころをフリマで売ったり磯で自給自足生活に挑戦したりと、生計を立てるいろいろな術の研究に熱中している。家族のいる鳥取と東京を行き来する彼の「鳥取にはさかなクンさんが絶賛するほどのいい磯があるんですよ」という誘いに乗り、鳥取に集結したわれわれ。磯の生きものや鳥取の風物も堪能したが、この旅はワクサカさんの圧倒的なヨタ話の才を見せつけられる旅でもあった。

「そもそもBL大好き前提なのがおかしい。わたし、BLにぜんぜん詳しくないし」

「でも、前に男友達が仲良くしていると萌えるって言ってたじゃないですか」

「ああ、あれは組織とか上下に関係なく他人を想ったり慕ったりしているのを見るのが好きなんですよね。そもそも組織が苦手なので。ふだん男性に『組織に自分を捧げすぎでは？』とか『親愛の情をもっと素直に出したらいいのにな』と感じることが多いので、その逆を見ると安心しますね」

「ホモソーシャルなものへのカウンターとしてのBL趣味か。なるほど説得力がありますね！」

「でも、BL好きな人がみんなそうってわけじゃないですよね。むしろホモソーシャルな描写が強いBL創作や、男女のジェンダーを〝受け〟と〝攻め〟の関係に置き換えただけみたいなのとか、それ攻めっていうよりただの犯罪者では？というケースも」

知らず知らず早口になっていた。どこから見ても自ら好んで「罠だ〜！」と言いながら罠に嵌っていくオタクの習性だ。

「ぼくはBLというジャンルがこんなに人気がある理由について、近年ひとつの仮説を持っているんですよ。サイチョウっているじゃないですか」

サイチョウは、熱帯林に住む鳥の仲間で、果実や虫を食べて暮らす。極彩色の派手な顔に大きなくちばし、さらに頭の上に大きなちょんまげのような突起が付いている。

そしてサイチョウは子育ての際、メスを幽閉するのだそうだ。サイチョウのオスは、メスが入っている大木の洞の入り口に小さな穴だけを残し、泥や糞便で塗り固めてしまう。メスは安全な座敷牢のような空間で、オスの運ぶ餌をもらいながら卵を孵し、ひなを育てる。それがBLとどんな関係があるんだ。

「オスのサイチョウが外で不慮の死を遂げると、メスと子供たちは餌が絶えてしまうでしょう。そうすると、群れの中でオスと仲良しの別のオスが餌運びを引き継ぐんだそうです。

つまり……オスが別のオスと仲良くしていることが、メスにとってのリスクヘッジになるんですよ。だから、オス同士の仲良し（ボーイズラブ）を見ると、メスは安心を感じる！　どうですかね？」

「あっ、すっごい胡散くせえとこに着地した」

人間の心理を動物の習性で安易に説明すること、これも貪食・淫蕩・強欲などの七つの大罪に連なる罪のひとつである。そういえば貪食や淫蕩ってそんなに罪か？　と思って調べたら、もともとのカトリックの七つの大罪は罪そのものというより、人を罪に駆り立てる〝罪源〟という意味らしい。とにかく、人間心理を動物の習性で安易に説明しようとするのは重罪である。

「強引というか雑」

「研究者としてのキャリアが〝上がり〟になってメディアで適当なこと言い散らかす文化人っぽい」

「人間のメス、そこまで生殖のことばっか考えて生きてねえし」

「そもそもオスが協力しあって子育てする種より、他のオスと争ったり、別のつがいの血筋を絶やそうとする動物エピソードのほうがずっと多いでしょ」

とわたしに立て続けに罵倒されても、「ウフフ……やっぱりダメですかね～」とニコニコしているのが、ワクサカさんの器の大きさである。そういえば、数日前に来ていた友人たちと飲んでいるときも「腸内フローラが人の心理状態に与える影響は非常に大きいらしい、人間の心は腸にあるのではないかという説もありますが、皆さんは心はどこにあると思いますか」とラッパを吹きはじめ、一同に総ツッコミされていた。

ところで、サイチョウの話をじっと後部座席で聞いていたひとりの男性がいた。わたしが軽率に鳥取旅行に呼んだら、軽率にやってきた人物である。わたしともワクサカさんとも、この旅が初対面だ。

彼は、わたしがワクサカさんにギャンギャン咬みついているあいだは、もしや寝ているのかと思うくらい静かだった。しかしわたしが吠え疲れて黙ったタイミングで「サイチョウのメスは……」と言いだした。

「サイチョウのメスは、たぶん夫が死んだことを知らないんですよね。だって、餌と呼吸のための穴しか開いてないですもんね」

「それで代役のオスが餌を取ってくるようになるんだけど、個体ごとに好みとかあるから、微妙に餌が違うんですよ。木の実ばっかりだったのが、コオロギ多めになったりするんですよ」

「メスは、暗闇の中で子育てをしながら思うんです。『なんだかうちの人、最近持ってくるものが変わったわ』って……」

「ヒナがじゅうぶん外でも生きていけるくらい大きくなって、土壁を壊して出てきたら、そこには別のオスが待っている。メスはそのとき、どんな気持ちになるんでしょうね」

実は会う前からわたしはこの人を「恋愛対象としてちょっと気になるな……でも実際はどんな人かわからないから、会ってから考えよう」と思っていたのだが、サイチョウのメスの気持ちをあれこれ想像しはじめた彼を見て「この人さえよければぜひ交際したい」と思った。

サイチョウのメスの気持ちを考えられるから人間のメスにも優しいだろうと思ったわけではなく、このタイミングで妙にエモい妄想をはじめるところが、わたしの心の琴線をビヨンビヨンとかき鳴らしたのである。

「それのどこがいいんですか」と言われると、少なくとも生物学上はうまく説明できない。だが、生殖とまったく関係ないところで「この人好き」と思えるのも、万物の霊長たる人間に与えられたひとつの楽しみじゃないだろうか。


ちなみにワクサカさんは、わたしと彼がつきあいはじめても、そのことにしばらく気づいていなかった。わたしと彼がいっしょに海に遊びに行って、同じタイミングでコブシメ（イカの仲間）の写真をアップしたときも「あいつらデキてたのか！」ではなく「なんで磯に行くのにぼくも誘ってくれないんですか……！」と拗ねていたくらいだ。

人類全体に関する雑な仮説を立てがちなわりに、身近な人間関係への下衆な勘繰りをかけらも持ち合わせないところも、ワクサカさんの実に人間らしいかわいらしさだなあ、と思うのである。

出会いは磯に落ちていた

前回、サイチョウの夫婦関係に思いを馳せていた彼の話をする。

彼は、南西諸島に住んで魚の絵を描いて暮らしている画家である。

ある日、彼がツイッターで選択的夫婦別姓について「僕は結婚『していた』組ですが……」とツイートしているのを見て「あれ、この人も離婚してたんだ」と思った。義実家について書いた彼のブログを読んだことがあり、いまも結婚しているのだと思っていた。

婚姻届を書くときに、彼女が冗談っぽく「苗字どうする?」と訊いてきた。妻が彼女自身の姓を愛しているのを知っていたので改姓させるのがうしろめたく、「いまさらそんな」と不機嫌に答えてしまったのが後悔のひとつになっている、選択的夫婦別姓があればそもそも不要な苦しみだったのに。そんな内容に、わたしは「いいね」を押した。

そもそも好きな絵を描く人だし、生きもの好きという共通点もあるし、ちょっと気になる。「つきあってみたものの趣味に共通点が無さすぎて、最大限にお互いの意向をすり合わせたデートがパンダのシャンシャンだった……」と頭を抱えていた友達がいたが、やはり嗜好はそこそこ似ていてほしい。これが同じ上野動物園でも、ハシビロコウ目当てだとかなり接点が出てくるのだが。おっ、生まれた年も同じだ（プロフィールを検索してる時点でだいぶ気になっている）。

しかし数年前から相互フォローではあるものの、やりとりしたのは一度きりである。わたしが海外ドラマを観ていて『メンタリスト』長すぎてめげそう」とぼやいていたら、彼が「シーズン6の最終話までがんばって観てください！」とおすすめしてきたのだった。ちょうどわたしは上海暮らしに疲れ、「恋人がほしいとまでは言わないがせめて好きな人がほしい、なんなら長すぎて観られない海外ドラマのあらすじを巧みに解説しながら寝かしつけてくれる人間がいるといいがお金で雇えないものか」と考えていたのである。

十数年インターネットをやっているとお互いのつぶやきを静かに眺めたりいいねしたりしつつ、何年もそのままという関係の人はいくらでもいる。彼ともきっとそうだろうと思っていた。

その翌月、日本への出張帰りに立ち寄った福岡で、書店のフェアで彼の絵を買うチヤンスがあった。わたしは背中の斑紋がきれいなマサバの絵を手に入れることができ、ホクホクしてそのことをツイッターに書くと「会期中に現場に行こうと思っていたので、今日行けばよかったです！」と彼から返信があった。

少なくとも、わたしと会って話すことにはネガティブではなさそう。勢いで「いつか磯遊びなどもごいっしょできたら楽しいです！」と送ると「楽しそう!!!」と返ってきた。そのうち、彼も誘って友人たちと磯遊びできたらほんとに楽しそうだなあ。


さらにその十日後、わたしたちは鳥取で会うことになった。

わたしはお盆に九連休を確保し、前半は鳥取で姉や友人とシュノーケリング、後半は東京で過ごす予定だったが、彼もちょうど関東にいるらしい。「ご都合が合えば関東の磯で遊びませんか?」とメッセージしてしまった。「スケジュールが流動的なので実家のある関西に移動するかもしれませんが、磯遊びいいですね」とのこと。

しかし、珍しく上海に大型の台風が直撃[*1]し、すべてのフライトはキャンセル。なんとか日本にたどり着こうとフライト手配を繰り返すも、予定は無情にうしろに倒れていった。

もともと土曜早朝に上海を出発予定だったが、結局日曜の夕方に関空へ飛び、バスで鳥取にたどり着いたのは月曜の朝。鳥取案内人であるワクサカさんと初対面の友人たちを引き合わせるのが本来わたしの役目だったが、彼らはわたしが着く前に海を満喫し、すっかり打ち解けていた。

友人たちは翌日火曜に当初の予定どおり帰路につくが、わたしは到着日にしか海に行けておらず、完全に消化不良だった。そこで予定を変更し、休暇の後半も鳥取で過ごすことにした。東京での約束をキャンセルし、彼にも同じようにメッセージしようとしたが、つい「もしご実家に戻られるなら、大阪から鳥取に来て磯遊びしてもいいのでは」と付け加えてしまった。

自分が大阪経由で鳥取に来るときに「梅田から鳥取にバス一本で（三時間かかるけど）来れるんだ、意外と近いじゃん」と思ってしまったからなのだが……。初対面で鳥取に呼びつけ、ワクサカさん以外の友達はすでに帰宅済み。しかも新たに発生した台風が鳥取にも接近中で、磯の生きもの観察も釣りもできないかもしれない。

しかし「じゃあ行きます」と返事が来た。自分を棚に上げて「移動が軽率な人だな〜」と思った。

そして迎えた水曜日。ワクサカさんは仕事があるので、その日は同行できない。鳥取駅でひとり緊張しながら待ち構えていると、思ったより背が高く、声が大きくてよく通る男性がやって来た。

多少の風はあったが雨は降っていなかったので、われわれは磯遊びか釣りができる一縷の可能性を求めて山陰本線に乗り、浦富《うらどめ》海岸というところまで行ってみた。すなば珈琲で向かい合うよりも、いっしょにウミウシを見たほうがだんぜん間が持つだろう。

しかしこの日の海は釣りどころか、東映映画のロゴがドーンと出てきそうなくらい荒れていた。海岸線を未練がましく歩いたあと、また電車で鳥取駅に戻ることにした。ひと気がないホームの椅子に座っていると、彼がいきなり「ぼくは離婚してるんですけど」と言いだして、わたしは内心「仲良くなったら聞こうと思ってた話題が向こうから!!!」と思ったが、知らなかったふりを装い「そうなんですか！　同じですね!!」と言った。バツイチ同士で「あなたの離婚はどこから？」と自己開示しあうと、しばしばウミウシ以上に話の間が持つものだ。

なんでそのタイミングで彼が自己開示したか、それはやはり執拗に磯に誘ってくる女をだいぶ意識しだしていたせいだろうか。一方に夏の山の濃い緑、もう一方に青い海が広がる山陰本線のボックス席は並んで座ってみると最高のカウンセリングルームで、初対面の人には言わないようなことを話したくなった。わたしは人の述懐を理解したいときに「ホホウ……つまりあなたは理性の部分では交際相手を尊重したいと思いつつも、ところどころで顔を出す『相手に自分と完全に同じように思い、感じてほしい』という強烈な支配欲求に振り回されているんですね」と繰り返して確認するため、解説された彼はダメージを受けていたが、おかげで鳥取駅に着いたころにはすっかり打ち解けていたのである。

翌日以降もワクサカさんにドライブに連れて行ってもらったり、山の中の温泉郷に行ったり、鳥取市街のカフェや本屋をめぐったりと濃い三日間が過ぎた。ふたりでごはんを食べるときに「〇〇食べませんか」とか「ビール飲んじゃおうかな」と言うと、彼の表情が散歩前の犬みたいにパァァ……と明るくなるのがいい。彼もこの旅を楽しんでいるようで、滞在予定を一泊延ばし、関空から上海に帰るわたしといっしょに大阪に戻ることになった。

通常のデートに換算して、すでに五回分くらい会っている。話の濃さからいって山陰本線一乗車＝デート一回分と換算してもよかろうし、実際もうかなり好きだ。しかし、このままわたしが上海、彼が南の島に帰ってしまったら、再会は何か月後になるかわからない。ぜんぜん口説かれていないが、そう悪くは思われていない気がする。そう思って、大阪に戻る前に「ちょっと部屋に行って話していいですか？」と実際のところを訊きに行った。彼はモジモジしていたが、わたしのことは好きだとのことでひと安心した。

透明な秋波を送りたいとか言ってたわりに、いざ好きな人が出てきたら音速で口説き倒すのが、まさに自分という人間の信用ならなさである。「ハゼだから陸にはなじめなくって〜」みたいなことも言っていたようだが、実際には己より大きい餌に飛びつくダボハゼか。恋人がいないときに書いた過去の連載を自分で読んで「こうして振り返るとなんだかいじけたこと書いてますね」とほざき、友人たちからは「信頼できない語り手」「歩く叙述トリック」と非難を浴びたが、本人だけは幸せいっぱいだ。

つきあってしまえば、上海と南西諸島の距離はそこまで問題にはならない。休みのたびに島やわたしの東京の家で会ったり、旅行したりするようになった。そして翌年の春からわたしが東京本社に戻ることも決まり、仕事で上京することも多い彼とはちょっと会いやすくなる。すべて順調！　しゅきしゅき‼　と思っていた矢先、新型コロナウイルスの流行がはじまった。

＊1　上海の台風：上海は昔から自然災害に遭いづらい土地であり、それが「魔都」とも呼ばれるイメージの一構成要素にもなっている。

コロナの時代の愛

「湖北省武漢市で、原因不明の肺炎が流行っています。武漢への出張者は十分気をつけること！」

二〇一九年十二月、上海のオフィスでこんな注意喚起を受け取った。動物を扱う市場を中心に感染者が出ているらしい。これがいわゆる「野味」のメニューだよ、と見せてもらった画像にはダチョウやワニのイラストが描かれていて、思わず「ちょっと食べてみたい……」と口をすべらせると、周囲の上海人たちから「やめなさい！」と怒られた。

一月下旬の春節（旧正月）には、延べ数字で三十億人以上が帰省や旅行で移動する。動物からだけではなくヒト‐ヒト感染する病気らしいと判明し、移動ピーク前日の一月二十三日には武漢市の主要交通網が封鎖されて大混乱の様子もニュースで流れてきた。

それでも、このころはまだ「インフルエンザの兄弟分みたいなものでしょ」「体力のない人や高齢者でなければ、そう恐れることはない」という会話が飛び交っていた。わたしは東京で春節休暇を過ごして二月はじめに上海に戻る予定だったが、感染はどんどん広がり、一月末にはＷＨＯが緊急事態を宣言。日本には戻れたものの、駐在員たちは休暇が明けても中国に帰らず、しばらく本社に出社するように指示された。

本社オフィスでも会議室に隔離され、ウイルスの潜伏期間とされる二週間を超えるまではできるだけほかの社員と接触しないように過ごす。横浜に寄港したクルーズ船「ダイヤモンド・プリンセス号」での集団感染も大きな話題になっていた。四月から東京で働くための準備もしないといけないのに、おおごとになってきた。

しかし、当面は日本での生活は平和だった。わたしは東京で買ったマンションを中国にいるあいだもそのままにしていたので、ホテル暮らしをせずにすみ、かなり助かった。わたしの帰国にあわせて南の島からやって来た恋人が長期滞在できるよう、無印良品週間で追加のベッドを買い、寝室に並べてご満悦だった。

彼は自分で生活のルールを作るのは苦手だと言っていたが、わたしが決めたものの置き場やルールはすんなり受け入れてきっちり守り、共同生活者としてはこれ以上望むべくもない相手だった。

Instagramで友達夫婦の愛妻弁当の写真を見て「いいなあ……」とウットリしてい

るので「フーン」と生返事していたら、ランチジャーを買ってきて手のこんだお弁当を作りはじめた。彼はお弁当を作ってほしかったのではなく、わたしにお弁当を作ってあげたかったのだ。嬉しかったが、ちょっと不安にもなった。愛情の発露がこんなに献身的、つまりわたしと違う人とつきあって、わたし自身は大丈夫なのだろうか。

日本でも感染者数は増えつづけ、視界のはじからだんだん暗くなるように生活が変わりはじめた。

二月二十五日に友人とPerfumeの東京ドーム公演に行ったのだが、二十六日は開演直前に中止が発表されたという。三月二日には学校の一斉休校が要請され、子持ちの友人の阿鼻叫喚にかける言葉もない。

わたしは帰任予定先の部署にデスクをもらって仕事をしていたが、結局中国に戻れないまま帰任することになる。引っ越しは、上海オフィスの女性社員に代理で立ち会ってもらった。FaceTimeで「それは処分して、それはマンションの備品」と画面越しでリモート指示を出しながら、引っ越し業者に梱包してもらう。とんだ迷惑をかけてしまった。

三月末には会社が公共交通機関による出勤を禁止し、育児のために在宅せざるを得なかった社員だけでなく、徒歩圏内に住む社員以外は在宅勤務になってしまった。わたしは電動シェアサイクルを使って、七キロメートルほどの道のりを自転車で通いはじめた。このシェアサイクルも、本来は二〇二〇年夏のオリンピックに向けて導入したものらしい。その後オリンピックは一年延期されたが、それで無事に開催できるとはいまも思えないが。

満開のソメイヨシノが眩しく、春はなんて美しいのだろうと思った。庭木や植木鉢の草花を丹精こめて育てて目を楽しませてくれる人への感謝、散歩している犬への愛などがこみ上げてきた。

帰り道の桜並木に、縁日の屋台があった。屋台は並んでいるものの縁日は中止となったようで、空っぽの屋台にタピオカやお好み焼きののれんだけがかかり、ピンク色のちょうちんが桜を照らすさまが不穏だった。

この閉塞感にまみれた生活は、いつまで続くのだろう。これが終わったとき、お店や人々の暮らしはどこまで破壊されているだろうか。

東京の入り組んだ道を自転車で走るのは恐ろしく、住宅街を通るルートを完全に覚えるまで数日かかったし、異常に疲れた。それでも通勤で運動できるのがわたしにはいい気分転換だったが、買い物くらいしか外に出られず、恋人とはいえ他人の家で日がな絵や原稿に向かっている彼はどんどん気がふさいでいくようだった。

ある日、夕飯後に眠くて口をきくのすらおっくうになり、ベッドでスマホを触りながら寝落ちしていると、夜中に寝床に入ってきた彼が「おれはごはんだけ作ってればいいんだ」と、よく通る声でつぶやいた。わたしは寝ぼけたまま「ごめんごめん」と腕を回したが、彼は背を向けて寝てしまった。だんだん目が覚めてきた頭にその声の響きが染みこんで、しくじったという気持ち、それにこの状況への怒りでこめかみと手足が冷たくなった。

いますぐひとりになりたい。手のこんだごはんもほしくない。だれにも気を遣わず、ひとりで眠りたい。

前に結婚していたときも、ひとりになりたくて仕方なかったのを思い出す。平日は会社に行って、週末は当時書いていた本の取材のために家を空ける生活。とても充実している一方で、今週末も家を空けることや今日もごはんが要らないことを、ひとり暮らしならだれにも報告しなくていいし、罪悪感を持たずに済むのに。仕事で疲れた日はだれとも話さずただ眠り、部屋が散らかって洗濯物がたまっても自分ひとりで散らかしたものならだれにも怒りを向けずに済むのに。そんな気持ちがどんどん重くなり、さらに家を空ける時間が増えていった。

朝には彼はいつも通りで、それを見ると「帰ってほしい」という言葉はいったん引っこんだ。いま戻ったらいつ会えるかわからないし、その状態でわたしが病気になったら、戻ったことを後悔すると彼が考えているのもわかっていた。彼の住む島でも、コロナ感染者が出て問題になっている。感染者が数人出るだけで、設備が十分でない島の医療は崩壊してしまう。住民とはいえ移住者である彼は、どちらにも居場所がないと感じていた。

とはいえ、ほかに気晴らしすらない状態で、このまま過ごせるとも思えない。お互いにこまごまと苛立つことが増えていった。数日後に「一度帰ってもらったほうがいいと思う」と切り出すと、彼は「そうか、それなら早いほうがいいね」と翌々日の飛行機をすぐに予約した。居候状態にずっと耐えていた彼も口数が少なく、このまま別れることになるのかもしれない、とも思った。

その翌朝、雨で自転車通勤をあきらめたわたしが気まずい思いで在宅勤務しようとパソコンの準備をしていると、彼が口を開いた。

「おれ、ほんとうに何もわかってなかった」

「○○さん（わたしの本名です）が仕事でも家でもひとりになれなくて疲れてるのに、おれは○○さんしか楽しみがないからって、かまってもらえなくて怒ったりして」

「○○さんはストレスがあるときははっきり言うタイプだと思いこんでて、こんな生活でストレスたまってないわけないのに、自分のことしか考えてなかった」

「しつこくなるからもう言わないけど、ほんとうにわかってなかった、迷惑かけてごめん」

なんだろうこの人は……なんでこんな圧倒的な人間力にあふれたことを言えるのか……?

安心してふたりで五分ほどメソメソ泣き、しかしわたしは始業時間が迫っていたので急いで顔を洗って、何食わぬ顔で職場にビデオ接続して打ち合わせをはじめたのだった。

ゴールデンウィーク前の誕生日、リクエストしたタコの絵が届いた。発送時に「物流が混乱してて、誕生日に届けるのは無理って言われた」と彼はえらく落ちこんでいて、わたしは上海から来た三十二箱の段ボールに囲まれながら「別に誕生日に届くかどうかは大事じゃないし、急いでもきれいに飾れる状態じゃないからかえって申し訳ないよ」と慰めたのだが、無事に誕生日に受け取ることができた。

緑に蛍光する美しい斑紋を持つサメハダテナガダコが、小魚に肢を振り上げるところが描かれている。彼が島の礁池で見たタコだという。島に遊びに行ったとき、リーフの切れ目まで腕を引かれて泳いで行ったのを思い出す。水が恐ろしいほどの藍色で、水中に切り立ったサンゴ礁の崖に鮮やかな色の魚が舞っていた。

段ボールで埋まった部屋で、連休はひたすら荷物を整理して過ごした。上海での二年半の暮らしで、よくここまで物を増やしたものだ。自分で荷造りができたら、もうちょっと送る量を減らせたのだが。さらに漏電検知のブレーカーがたびたび落ちるようになり、修理してもらうまで漏電火災への恐怖でろくに眠れず、配線の調査と工事には十三万円もかかった。

それでも、目の前の荷物や問題に単独で対処し、ものの配置を決め、自分の部屋を居心地よくしていくと、心がどんどん満たされていった。

ひとりで暮らすことがどうしようもなく好きだと思った。ひとりでいることを楽しめる自分のままで、また彼に早く会いたい、とも。

この原稿を書いている二〇二〇年九月現在、緊急事態宣言が解除されてからも感染者はスムーズに減らず、事態は好転していない。

彼とは、週に何度かビデオチャットしている。最初は向き合ってお酒を飲みながら話していたが、いまは家事や原稿をお互いにやりつつ、たまに話しながら数時間接続しているようになった。この状況下で、用がなくても連絡できる相手がいることはとてもありがたいと感じる。

この事態が落ち着いたら、わたしたちは関東にもうひとつ拠点を持とうかと話している。規模や場所はまだわからないけれど、さびしくならず息が詰まらないくらいに行き来ができて、病気や災害のときはそばにいられるような距離感を持てればいいなと思う。自分の性質に合ったやりかたで、それでもだれかといっしょにいられる方法を見つけたい。

丸太のようなもの

ある人に、昔はいつ死んでもおかしくないめちゃくちゃな生活をしていたと聞いたことがある（法律すれすれなことも含むため、詳細は書けない）。

いつ死んでもいいつもりだったが体を壊して入院し、不摂生できなくなって目の前に人生が残ってしまった。かわりに何か別のもので自分を動かす必要があると思い、選んだのが「犬を飼うこと」と「結婚」だったという。

犬を飼えば朝晩散歩に行かなければならないし、餌や体調に気を遣うだけでなく、簡単に死ねなくなる。結婚や子供を作ることについてもそうだ。責任を負い、必要とされることが自分の人生の背骨になる。ラッコが寝るとき海藻を自分に巻きつけるように、世間と自分を結びつけるものがないと、体が海に漂いだしてしまう。

そういう動機で結婚する人は実はたくさんいるのだろうが、自覚的に語る人は少ない。「恋愛も結婚も、とっても良いものだからあなたもやるべき！　これは善意で言っているんですよ！」と言われるより、個人の選択として「自分を動かすために何かを負うことが必要だった」と語られるほうが百倍納得できるし、では自分はどうだろうかと考える気にもなる。

恋人も離婚経験者なので、わたしと同じく結婚はこりごりかと思っていたのだが、それは勝手な思いこみだった。気持ちが高まると「結婚しよう‼」とよく言っている。ある日、飲みすぎたときには「どっちかの名字を変えるなんて嫌だし……」と言ったら「ぼくが改姓してもいい！　むしろ改姓すゆ！」と言っていた。しかし翌日には冷静になり「名字を変えるのも、男が本来しなくていい不自由だとどっかで思ってるからこそ、あえて選択した不自由にはしゃぐみたいなことができるんやな」と独力で完璧に言語化していた。彼はこういうところが信頼できる。

わたしがあまり結婚という言葉が好きでないのを察してからは「結婚じゃなくていいから結婚しよう‼」と言うようになった。ビデオチャットしていてもたまに「結婚――！」と叫んでいる。そういう鳴き声の生きものみたいだ。カッコウとか。トッケイヤモリとか。

彼がもし人生に背骨を必要としていて、結婚がそれに近いのだったら、自分にできる範囲で協力すればいいのかもしれない。そう思うこともあるが、ではわたしがそこで素直に協力するような人間だったら、ここまで言ってもらえるだろうか。

彼には人の気持ちに察しの良すぎる部分があり、精神的に相手と同一化するかさせるかのつきあい方が多かったようなふしもある。わたしが自分の好きなようにしかしない（できない）ことにこそ、彼は新鮮さを感じるのではないか。

恋愛は、力関係や依存と無縁ではいられない。

日本に戻ったら森や川や磯、美術館や映画館やイベントに飛び回ろうと長いリストを作っていたが、新型コロナウイルスの感染は夏を迎えても収まる気配がない。飲食や観光など各サービス業界への打撃、それに流通・医療産業の疲弊ぶりを見れば、通勤する会社があって穏やかな生活を送れているのは幸運の極みだ。しかし、いままで休みを都合して一人旅を楽しんだり、友人と日本各地で合流する不要不急で軽率な移動が、どれだけわたしに活力を与えてくれたことか。移動した先での体験がどうこうよりも、小さな移動でも自分の居場所を自分で決められるという実感が深い満足につながっていた。

大局を語りがちな人たちによるウィズコロナだのアフターコロナだの、軽薄な言葉遊びにもうんざりだ。東日本大震災の後にも何度も聞いたような、大ぶりな言葉。

七月のある夜、会社から帰って家でゴロゴロしていると、彼からビデオチャットの着信があった。彼が四月に島に戻ってから頻繁にビデオチャットしているが、いきなりかかってくるのは珍しい。

出てみると、闇の中に懐中電灯の光がせわしなく動いている。

「いきなりごめん、うつぼに嚙まれた……」

喘鳴から絞り出すような声が聞こえてきて仰天した。「夜釣りなの？　血が出てる？　大丈夫？」と我ながら間抜けな質問を立て続けにするが、彼はほとんど答えられずにフーッフーッと荒い呼吸を繰り返している。

しばらくすると喋りがしっかりしてきて「よし、話せて落ち着いた。とりあえず家に戻れるわ、ありがとう」と言う。傷を負ったショックで、一時的に貧血を起こしたらしい。一刻も早く病院に行ってほしいが、彼の家から島の病院は遠い。もう二十二時過ぎだが、無事にたどり着けるのか。事故直後のアドレナリンが出ている状態では、本人の「大丈夫」もあてにならない。

いったんビデオチャットを切り、メッセージに切り替えたが「病院に連絡取れたからこのあと行ってきます」と来てひとまずほっとする。病院に着いたらまた連絡をくれるようお願いしたが、彼の移動中にはできることがない。寒気がしてきたのでベッドに移動して「うつぼ　嚙まれた」で検索すると、釣り上げたうつぼに嚙まれた事例報告が出てくる。感染症のリスクもあるようで、いっそう不安になった。

いい趣味ではないが、わたしは生物による受傷例の写真をこわいもの見たさでよく見てしまう。連絡を受けたとき、たまたま見ていたのも「お猿に嚙まれた傷」という、小型のサルをペットにする人への覚悟をうながすウェブページだった。野外での事故もこわいな、危険生物のフィールドガイド本を買おうかなとネットで物色しているときに、彼からの通話を受けたのだ。好奇心でのぞいていた匿名の症例写真にあとから彼の名札がついたような、不謹慎に水を浴びせられた心地だ。

彼はよく夜釣りに行ったり、カヌーに乗って海に出る。それは楽しみだけでなく彼の仕事に必要なのだが、どんなに危険なことかわたしは忘れていた。彼のお母さんは、ダツという細長い魚が船上のライトに飛びかかって人に突き刺さる話をテレビで見てからというもの、彼が海に行くときには必ず「ダツに気をつけてね」と言うそうだ。笑いごとじゃなく、海は危険であふれているのに、わたしはこんなときに彼を車に乗せて病院にも行けない。彼の身に何かあっても、交際相手というだけでは真っ先に連絡を受けることすらできないだろう。

この場で唯一できることがあるとすれば、せめて彼に励ましのメッセージを送りつづけるぐらいのものだが、なんとわたしは「わたしってほんとに……役立たず……（スヤァ）」と眠ってしまったのである。梅雨明けでひと月ぶりの自転車通勤に疲れていた、とはいえこの夜に限って朝まで熟睡してしまい、目覚めて驚愕した。彼からは

「無事に病院に着いて縫ってもらいました」とメッセージが届いていた。
釣りをしていて、左手で持った魚を水に浸して写真を撮ろうとしたところに、小型のうつぼが餌だと思って飛びついてきたらしい。鋭い歯は爪まできれいに裂いて十針も縫うことになったが、もっとひどいことになっていた可能性はいくらでもあったし、利き手でなかったのも幸運だった。

一度結婚してみて、向いていないのはほとほとよくわかった。適齢期を過ぎてひとりで楽しそうにしている人間を見て収まるべきところにものが収まっていないような不安を持つ人たちを、もっともっと不安にさせちゃうぞーとも思っていた。
だが、結婚だけが唯一の手段ではないにせよ、大事な人が大変なときにどう助けられるか、どうすればそばにいられるかはもうちょっと真剣に考えておかないとまずい。そう思わされた出来事だった。車の運転がこわいとか言っていられないし、わたしの情報を緊急連絡先として持っていてもらう必要もある。何より、彼がピンチのときに入眠しない。

結婚するかどうかとは別に、このまま子供を作ることを試さなくていいのかどうかも最近はよく考える。正直、ほしいと強く思ったことはいままでなかったし、機能的に産めるのかも確認していない。どちらかというと子供は苦手ですらあるが、だんだん人間になっていく生きものを間近で見てみたいとは思う。

子供を産んで自由がなくなるのはこわいが、ひとりで生きられることだけが自由でもなく、家族がいる中でこそ探せる自由や自立もあるのではないか。子供がいる友達と話していると、そう感じるようにもなった。とはいえ、もう三十七歳なのでタイムリミットは秒読みである。

すでに三児の父親である男友達には「メレヤンがたとえば育児ノイローゼとかで子育てが無理ってなっても、彼が育ててくれる気がするならまあ大丈夫では？」と言われた。なるほど、恋人はわたしよりずっと家事育児に有能そうだ。むしろ父と子でめちゃめちゃ仲良くなって、わたしが蚊帳の外になる可能性のほうが高いかもしれない。子供がいる女友達に、先の懸念も含めて話してみると「いや、むしろ蚊帳の外にしてほしいときがめちゃくちゃあるのにしてくれない」「そう、簡単に担当を降りさせてもらえない」と一蹴された。これはこれで不安だぜ……と思っていると、ひとりが笑顔でこう言い放った。

「まあでも、産んでも産まなくてもぜったいにどっちでも後悔するから！　そういう意味では、どっちを選んでも同じ！」

たしかに「よく考えて後悔しないほうを選ぶ」なんて不可能だ。どう転んでも後悔はする。さすがわたしの友人たち、わたしのほしい言葉をわたしよりよくわかっている。

会社に入って間もないころ、同期の女子たちとそれぞれの交際相手がどんなにいい恋人かの自慢大会みたいになったことがある。

優勝したのは当時、ノルウェー人の彼氏と遠距離恋愛していた子だった。「さっきスカイプをつないだら、彼が丸太を抱えていたんだよね」と言う。

「あなたが今度の夏休みにノルウェーに来てくれたときに、うちのキッチンカウンターはあなたの身長には高すぎて使づらい。いっしょに料理をするときにあなたが使えるように、この丸太で踏み台を作るんだ」

と、彼は言っていたそうだ。

その場にいた全員が、あまりの尊さに灼かれて灰になりかけた。

だれかとそばにいたくなったときに必要なのは、結局は相手をよく見て相手のために行う何か小さなこと、この丸太みたいなものなのだと思う。それを大事にしなかった結果、安らげるはずの家庭が地獄になる人もたくさんいる。大事にしようとしても思い通りにならないこともある。

これから生きていく中で、結婚や子育てといった大きな結びつきがほしくなるかはわからない。またひとりに戻るかもしれない。でも、まずはいま大事にしたい人のために、斧を片手に丸太を求めて森に向かう。そんな人になりたいと、わたしは思った。

特別対談

穂村弘×メレ山メレ子
ロマンチシズムとリアリズムと

非常にまともで、スリリングな本である

穂村　資生堂の広報誌「花椿」の対談連載でお会いしたのは、何年ぐらい前？

メレ山　『ときめき昆虫学』が出たときなので、二〇一五年ですね。

穂村　その後上海に行かれていたことを考えると、もうすごく昔に感じますね。

メレ山　激動の数年間でした。

穂村　あの日についての回（本書二〇ページ、十九文字でダメだった）を読んだとき、メレ山さんは書き方がとても上手だなと思いました。本に書かれていることはすべてあのときあの場所で実際にあったことなのだけど、書かれていない部分もたくさんある。荒木（経惟）さんの台詞も、喋りまくっていた中から、あの三つを抽出したのかと。

メレ子　「雌豹の気持ちになって！　いいね〜！

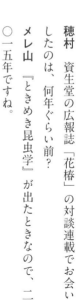

ぎこちないね～‼」とか（笑）。

穂村　その組み合わせ、最高に面白い。ということは、他のエピソードも全部そういうふうに書かれているんだろうなと。前半は、恋愛についての観察と考察のような内容ですよね。それが、読み進めていくとだんだん当事者性を帯びてきて、あれれと驚いていくうちに、最後は論より証拠みたいになっていきます。その変化に引きこまれました。新型コロナウイルスの影響もあるのでしょうか。いまは恋愛に限らず、すべての対人関係が遮断されているから、飢餓感があるというか。

メレ山　たしかに。わたしの場合、上海赴任中はまったく出会いがなかったこともあり、コロナ以前から人間関係に飢えている感じがあったのですけど。

穂村　外国に一人でいたら孤独感は増しますよね。でもコロナ禍になって、全員がロミオとジュリエット的に……。それにしても、いちいち言葉が面白いですよね。一行でとてもおかしかったのは、「昔つきあっていた人は『さとみ箱』を持っていた」（本書一〇九ページ、恋愛の残りもの）というやつ。「さとみ箱」についての説明が一切ない段階で、ものすごくやばい気配が漂っている。「さとみ」という名前も絶妙なのかな。

メレ山　本当に靴箱にマジックで「さとみ」って書いてあるんですよ。

穂村　そこもリアルですね。クッキーの箱じゃあちょっと薄いし。つきあいが長い相手はブーツの箱なのか、とか。タイトルには「恋煩い」が掛けられていますが、恋愛したいのか、したくないのかという、微妙な迷いが感じられました。なのですが、後半、メレ山さんには新しい恋人ができる。ぼくは本を面白くするために彼氏を作ったのかとさえ思いました。実はいま、死をテーマにした対談をしているんですが、相手の方と最終回はどうしよう、これはどちらかが死ぬしかない、そして本の帯に「まさかこんなことになるなんて」と書けばいちばん盛り上がる……という話をしていたので、メレ山さんも体を張って恋愛をしたのかなって思ったんです。

メレ山　(笑)。SNSで仲良くなった人と、休暇で帰国したときに、いっしょに鳥取に行く流れになって。もうこれは決めなくてはならないと。

穂村　決めるって?

メレ山　とにかく成果を上げて中国に帰らないといけないって。営業マンの気持ちです。

穂村　そういうとき、迫れるんですね。

メレ山　本では「追い込み漁はすすめない」と書いているんですけどね。この本の中で、わたしの恋愛に対するテンションはブレまくっています。

穂村　たしかに。でも、その混乱がリアルです。恋愛をしたいのかしたくないのか自分でもわからない。そういう人は世にいっぱいいると思うけどな。

メレ山　とはいえ、結局なんの本なの?　と感じる人はいるかもしれません。モテテクについて書いてあるわけじゃないし。

穂村　モテるテクニックとか、住まいの収納法とか、ある欲望や目的に向けて書かれた本というのは、現実というものだけに興味がある人向けでしょう。つまり、現実があればいいのであって、たまたまそれが言語化されて本という形を取っているだけにすぎない。

メレ山　そうですね。

穂村　でも、この本は違いますよね。重要なのは、被写体でなく写真なんだということなのですけど。写真を通して被写体を見ているというのは、簡単に実感できますよね。写真に猫が写っていれば、写真を通して猫を見ているということになる。でも、本当は逆で、被写体を通して写真を見ている。被写体がなくてはいけない理由は、それがないと写真が見えないから。でも、写真などどうでも良くて、被写体に興味があるだけの人もいる。本に置き換えてもいっしょで、モテのテクニックを知りたい人は、モテればいい。つまり本そのものはどうでもいいんです。

メレ山　なるほど。

穂村　ぼくはもう、「被写体など知らん」と思っています。ただメレ山さんは、現実などどうでもいいというスタンスではない。たしか、古典に出てくる虫愛ずる姫君は恋に興味がないんだよね。それだと話はシンプルですが、もしも虫愛ずる姫君が恋に目覚めたらどうなっちゃうのか。自分だけが大切にしていた世界と、他者が持つ世界とを、どう擦り合わせるのかを考える必要が出てくる。この本が扱っているのは、そういうテーマなのでしょう。自分とは別の世界を大切な他者が持っているということ、メレ山さんと後半に登場する恋人の場合は、職業的特性もあってそれが可視化されやすいんだけど、それを互いにどう尊重していくのかを書いた非常にまともかつスリリングな本だと思います。

ウツボに噛まれた恋人

穂村　メレ山さんの恋人は、南の島に住んでいるのですよね？

メレ山　はい、彼は島で絵を描いています。彼がウツボに噛まれたことを書きました。

穂村　それも部屋に籠りっぱなしのぼくからしたら、ウツボに噛まれるなんてかっこいい！　となる。現実にそうなったときの大変さよりも、自分の恋人かウツボに噛まれるロマンティックさに憧れてしまうんです。

メレ山　でも、恋人がウツボに噛まれた晩、自分でもびっくりですけど、寝ちゃったんですよね……。結局できることなんて大してないと、どこかで思っている。そういうところが、人と長期的な関係を築いていくにあたって良くないのだろうなと。

穂村　でも、一晩中無事を祈ってたとか言われても……。

メレ山　いま彼は絵の点数の多い大掛かりな仕事をしていて、気持ちが沈むことも多いようなのですが、遠距離恋愛だとうまく慰めることもできなくてこちらもやきもきします。自分が役立てる余地が一ミリもない。励ますにしても、どう励ましていいかわからないんです。

穂村　画業に悩む彼の力になれない私、悔しい！　みたいな。それは恋の最高のゾーンにいますね。とてもスイート。でも恋って、そこからどっちが換気扇を掃除するかで揉めるとか、それぐらいまで落ちて行きますから。

メレ山　離婚経験があるのでわかります。

穂村　対談のときも既婚者だという認識がなかったですが、結婚していたのはいつごろなんですか？

メレ山　以前お会いしたときはまだしていました。その後離婚して、これからはもう共同生活のことは考えないようにしたら、面白いだけの人とつきあってもいいんだと思うようにしていて。自分の生活は自分で成り立たせるとして、「面白全部」な人を探せるんだと思うと夢があると思いましたね。いまの恋人もたまに「結婚しよう」と言うんですけど、それは気持ちの盛り上がりを表明してくれているという気がする……なにか大きいものを捧げたい気持ちの表れというか。ただ、あちらもバツイチで、わたしはそれを聞いたときに、これは都合がいいと思ったんです。結婚にはもうこりごりなはずだと。

穂村　そう思った理由は？

メレ山　うーん、結婚に期待を持っていない人のほうがうまくいきそうだなと思ってしまいます。相手と生活態度をすり合わせていくのが、どこかめんどくさいなっていう気持ちもあって。

穂村　生活態度を合わせなくても成立するパートナーシップはありそうですけどね。年に一回しか会わないけれど仲良しな夫婦とか。

メレ山　たしかに、ネットでしか会ったことがない夫婦とか、これから出てきてもおかしくないですね。

穂村　超遠距離で違う星に住んでいたりとか。そういうことを考え出すと、ぼくのロマンチック脳が誤作動してしまう。

メレ山　シチュエーションが勝っちゃうのでしょうか。穂村さん、エッセイにも書かれていましたよね。

穂村　昔、女の人と二人で住宅街を歩いていて、大きな木が立っているエリアに差し掛かったとき、その人がふと頭上を見上げて「ここは昔、森だった？」。ぼくはそれだけで、その人のことを好きになってしまった。でも、なんて言うのか、それってちょっと過敏というかおかしいよね。でも、その一瞬だけは、向こうの世界からの使者がいま自分の前に立っていると思っているから。この世のルールや、定まったものをすべて無効化するというのかな。自分一人では立ち向かえないでいるのを、すべてこう、ひっくり返してくれるというか。峰不二子とつきあえば、ルパンになれるといった間違った脳内論理ですよね。

メレ山　誘惑してきたと思えばお宝を奪って逃げたり、かと思えば敵に捕まったりと、ずっとドキドキさせてくれる相手ですもんね。自力でルパンになることは困難なので、不二子ちゃんの力を借りるんだ。

穂村　そうそう。こういう、非日常的なシチュエーションへの過剰な憧れみたいなものは、性質のかなり根深いところにあるから、なかなか変えられないような気がします。地に足のついたちゃんとした恋愛は盛り下がるというふうに感じてしまうから。時代の趨勢には合わないのでしょうね。

メレ山　でも、いわゆるちゃんとしてない恋愛が増えていくのが、時代の趨勢でもあるのでは？

穂村　いまメレ山さんがおっしゃったことの内実は、恋愛の多様性がもっと増えていくということですよね。肯定的、希望的な意味で。それはその通りで。ただ、その多様性を支える前提となる、本当の意味でのちゃんとしている感じ――この本でも終盤で書かれていますが、お互い不完全な人間同士として、でも、誠実に着地点を見出していくということに気持ちが乗っていけないんです。不二子とルパンみたいな関係になれないならいいやって思っちゃって。でも、そもそも二人は泥棒だもんね。

メレ山　実はわたしも、自分自身がそれが得意だとは思っていません。血縁ではない自分が選んだ人と作った家庭なのだから、何より大切にしないといけない、愛情と互助にあふれた関係じゃないといけないというのは、それはそれで「偉すぎて自分には真似できない……」という息苦しさも感じるので。

取り残された野蛮人

穂村　多様性を支える前提となる「人としてのまともさ」はむしろ一元化している。それがキツい。その必要性はわかるんです。もともと、恋愛はヤバくなりがちなものでしょう。だって、関係者が二人しかいないケースがほとんどだから。何でここで合意してるの？　って、合意点がむちゃくちゃになりやすい。そう考えると、よりまともじゃなきゃダメだという流れは当然なんだけど。

メレ山　だれかを傷つけそうでうまく書けなかった「正しくない感情」もたしかにありますね。正しい方向を目指していることを示さないといけない、無意識にそう思っている節があります。

穂村　すべてに配慮して書くのはとても難しい。逆に、未来においてそのちゃんとした感覚がスタンダードになった世界が本当に実現すれば、それぞれのスタンスでもう少し自由に表現できるようになるかもしれませんね。いまは過渡期なので互いに学習しあう必要がある。もう、昔書いたものを読むのがこわいです。ついこの間の対談ですら、あ、これはダメなやつ、これもダメなやつとゲラを直している。

メレ山　五年後はどれぐらい表現を変えなきゃいけないのかなと思いますね。恋愛観はそうして変遷してきたのかもしれないけど。

穂村　そうですね。社会の都合で決められてきた部分も大きいでしょうし。ぼくらが若いころは「一線を超える」とか「婚前交渉」という言葉がまだ使われていて、後ろ指を差されていた。ところが、「できちゃった婚」という云い方が出てきて、やがて「授かり婚」という表現に変わった。同じ現象への社会の反応が、非難から揶揄になりついには祝福になる。今後社会の都合が変われば、もっと出てくるんだろうな。

メレ山　もう恋愛じゃなくてもいいんじゃない？という風潮もあって、下の世代は、なんで上の世代の人たちはこんな必死になって恋愛しないといけないと思っているのか不思議かもしれません。

穂村　そう見えるんでしょうね。ぼくらは自由恋愛解禁初期に青春時代を過ごして、先祖何代かにわたる怨念を我々の代で晴らしてやるという勢いだった。恋愛は贅沢品で、当時のハーゲンダッツみたいなもの。でも、ぼくらはハーゲンダッツに行列していたけど、いまはコンビニで買えますもんね。

メレ山　行列していた穂村さんの気持ちは、若い人たちにはわからないかも。

穂村　恋愛がそんなにしたいなんて、キモいって言われます。

メレ山　傷つきますね。

穂村　人々の恋愛へのテンションがこんなに下がるとは思ってなかったよね。高校生のとき、行くところもないから駅前のミスドでコーヒーを飲みながら、「生まれてから一度もだれにも好かれたことがない」と悶々としていた。窓の向こうを見ると、何人もの女の人が歩いている。当時は人口が四十数億人だったから、それだけの人がいながらだれも自分を好きになってくれない、ということがすごい圧になって襲ってきた。その後十九歳ではじめてガールフレンドができたけど、そんな感じだからちゃんとした恋愛になんかなりません。そこにあったのは、四十数億分の一は自分のことを好きになってくれたという安心感でした。そういう感覚はいまはもうないのかな。

メレ山　すこし違うのかもしれないけど、わたしの勤め先の会社に新卒で入ってくる子たちを見ていると、恋愛はともかくやっぱり家族は作らなきゃと言う人はまだまだ多い。まず個としての真っ当さがあり、だれかと真っ当な関係を築けるかどうかというところに関心がある気がします。

穂村　そうしたら我々は野蛮に見えますよね。

メレ山　野蛮さの競争か、真っ当さの競争か。

穂村　野蛮な世界の中では自分は文明人のつもりでいたけど、みんなが思ったより急速に文明化されて、取り残された原人みたいな気分。

メレ山　でも、少なくとも恋愛の入り口においては、野蛮さとか強引さは切り離せないとも思います。わたしは入り口で、とにかく決着をつけたくなってしまうんですけど。

穂村　答え合わせがしたくなるんだ。

メレ山　はい。相手も自分に対して何か思っている気がする。でも、どっちかが決定的なことを言わないと、はっきりしないじゃないですか。確かめずにはいられない。いざ対象が目の前に現れると、急いで仕留めて確認しに行ってしまうところがある。

穂村　いまの彼とも、メレ山さんが確認しに行かなかったらどうなっていたんだろう。相手があまり攻めないタイプだと、そのまま何も起きなかった可能性もあるのかな。二人の未来が変わりますよね。

メレ山　それで思い出しましたが、穂村さんが書かれていたもので、いい感じの女性からある日メールがきて、最後に「すみません、恋人ができてしまいました。裏切ってごめんなさい」とあったというエピソードがありましたよね。

穂村　別につきあってと告白したわけでもないから、そんなことを書かなくていいわけじゃないですか。ただ、そう書いてあることで、いい感じだということは相手にも共有されていたんだという答え合わせが、そこで悲しい形でできた。

メレ山　たしかに、これを聞けたら満足しちゃうかも。自分の思いも成仏しちゃいそう。

穂村　そのことをわざわざ「裏切ってごめんね」って言って来るその人のかっこよさ。でも、いい感じになった人といい感じでつきあうより、「裏切ってごめんね」って言われたほうがもっと好きになっちゃうって、脳の誤作動ですよね。その誤作動をみんなどうしているのか。生身のその人よりその人の作品が好き、というのに近いのかも。才能に惹かれるなら作品だけを見ていれば良くて、わざわざ恋愛する必要はないという正論はわかるけど、そうとも言えませんよね。めちゃくちゃすごいものを生み出す人の近くにいて、その様を見たいという欲求は恋愛と区別がつかないのでは。

メレ山　わたしも、恋人の役に立たない自分を嘆きつつ、自分とかけ離れた絵の仕事に憧れているのかも……。

恋の寿命

穂村　でもメレ山さんはまともに関係性を築いていこうとしていて偉いですね。ああ、この人はちゃんとやろうとしている……とぼくは後半は読んでいてすこし寂しかったです。

メレ山　できないという気持ちがあるからこそ、そうしなきゃって奮い立たせているのだと思います。

穂村　やりようによっては、ロマンチシズムを伴った関係性も構築できるかもしれない。

メレ山　そうですかね。相手の知らないところを知ろうとするだけの関係だと、寿命みたいなものが常につきまといますから……。

穂村　おふたりは別々に住んでいるから、ロマンチシズムとリアリズムの両立がしやすいと思う。いつもいっしょにいるとやっぱり難しいよね。映画を見に行くとか、旅行するとか、最初にいいところから食べていって、残るのはゴミ捨てとか換気扇掃除とかなんだもん。また余談になりますが、十年ほどつきあっていた人と、はじめて入ったレストランでたくさん注文しすぎてしまった。メニュー写真のお皿のサイズを見誤って。恋愛が盛り上がっているときは、そういうことすら楽しいんだけど、もう十年も経つと「なんでこんなに頼むの」と言われてしまう。それに対してぼくはつい本音を返してしまったんです。「たしかに失敗した。でも、どうしてここで『頼みすぎちゃったね。でも頑張って食べよう』と言ってくれないんだ」と。すると、相手は真顔になって、しばらく考えたあと「いや、私には言えない」と言ったんです。

メレ山　ああー！

穂村　そのとき、恋の寿命を感じました。ああ、これはもうダメなんじゃないかなと。

メレ山　お別れしたのですか？

穂村　ええ。それから二年くらいして、その人と会社関係のお葬式で再会したんです。総務部のぼくは受付をしていた。お互い喪服姿でお辞儀をして香典を受け取って、その瞬間、彼女が自分の首元に手を上げて少しだけ動かした。「ネクタイ曲がっているよ」のサインだったんです。そのときはこみ上げてくるものがありました。親愛の感情がなければ、そんなことをするはずはないから。二年ぶりに、指先の動きひとつで、別れたのは間違っていたのかなと思わされました。

メレ山　つきあっていたその人の美点自体は、失われたわけではないですもんね。

穂村　はい。でも、その美点には慣れてしまう。一方、欠点はむしろ目につくようになって、その欠点を持たない別な人に目がいく。別な人には別の欠点があるのだけど、それはまだ見えていない。いまの恋人のほうが不利に決まっていますよね。アンフェアなものだと思います。

メレ山　恋人との関係に寿命が来たと思うのは、相手ではなく自分の問題かもしれない。そう考えると、続いたり続かなかったりするのも組み合わせ次第で、偶然なのかな。

穂村　でも、メレ山さんはいまいい流れの中にいるでしょう。思いがけない出会いがあって恋愛の洗礼を浴びて、でも私はやるんだ！　と頑張りはじめたところで、この本は締めくくられている。

メレ山　言われてみると、こんな人とつきあいたいというイメージには到達している！

穂村　夢を叶えたということですね。あなたはあなたの夢を叶えるだけ、それには夢をあきらめないことって。嘘じゃない。

メレ山　そうですね。冒険はまだはじまったばかり！

（二〇二〇年十二月・新宿にて）

ほむら・ひろし　歌人。一九六二年札幌市生まれ。『短歌の友人』で伊藤整文学賞、『鳥肌が』で講談社エッセイ賞、『水中翼船炎上中』で若山牧水賞を受賞。歌集『手紙魔まみ、夏の引越し（ウサギ連れ）』、エッセイ集『世界音痴』『にょっ記』他著書多数。最新刊は『図書館の外は嵐　穂村弘の読書日記』。

あとがき

この本は、青山メインランドが運営していたオウンドメディア「ナポレオン」に、二〇一九年の一月〜六月にかけて連載させてもらった恋愛コラムを元にしたものである（残念ながらウェブサイトは閉鎖済）。

キャッチフレーズが〝一生モノのモテ理論〟のメディアだと聞いて、最初はわたしからあまりにも縁遠い気がしたが、モテといっても恋愛に限らず、友人・同僚・家族などからのモテでもいいらしい。さらにそれも難しければ、いっそモテのモの字もない内容でよいという。ここまで自由だと逆に迷う。寄稿でこんなに何を書いてもいいケースは珍しく、ありがたいことだ。

わたしがいままでに出した本は、旅行記ブログの書籍化（『メレンゲが腐るほど旅したい』スペースシャワーネットワーク）にはじまり、その次は昆虫趣味の本（『ときめき昆虫学』イースト・プレス）。さらに、死と旅をテーマに自分の来し方行く末を考えた結果、ガーナに行って自分の棺桶を作るまでのエッセイ集（『メメントモリ・ジャーニー』亜紀書房)。三冊ともどちらかといえば、「勤労女性、人生ひとりでできるもん」的な内容である。少なくとも、モテや恋愛について書かれていないことはたしかだ。

何を書いてもいいという言葉に甘え、柴犬のすばらしさ等について書くという手もあった。しかし、逆に自分にとって未知のジャンルに挑戦してみたいという意欲も湧いてくる。

そういえばわたし、恋愛なしでも生きていけるようになりたいと思っているわりに恋愛好きだな。ここらでひとつ、恋愛について書いてみてもいいのでは。そう思ったのは、当時は上海に赴任中で、人恋しさが高まりすぎて正気を失いかけていたからかもしれない。

「恋愛について書くのは正気を失った人間がすることだというんですか?!」と言われるかもしれないが、たしかに恋愛について書くのは正気を失った人間がすることだと思っている。

まず恋愛中の人間が正気とはいえないので、恋愛について書こうとするなら正気を失うのはファーストステップであるともいえるが、「恋愛すること」

と「恋愛について書くこと」のあいだにも、本来渡るべきではない、朽ちてぬめった橋がある。

恋愛は時世の常識や偏見の影響をもろに受ける社会的な営みであり、しかし同時に、恋人にも立ち入れない個人的な領域にある。できれば、その私的な部分にあるきらきらしたものやイガイガしたものを、けっして主語が大きくならないようにすくい上げたい。

だが、書いている最中はしばしば、まるで空気にふれた瞬間に風化して崩れる結晶を掘っているような気持ちになった。恋愛の核たる部分だとわたしが思っているものを顕すには、自分語りという形式に限界があるのかもしれない。自分語りにとどまらず、許可をもらったとはいえ現在の恋人のこともずいぶん書いてしまったし……。

『出ない順 試験に出ない英単語』というベストセラーがあるが、『いらない順役に立たない恋愛コラム』にしたいという目標は、ある程度は達成できた。連載冒頭の恋愛への警戒心と、恋人ができてからのテンションの違いなども含めて、恋愛している人間の信用ならなさが伝わる内容となり、これはこれで面白くなった気がする。

ウェブ連載時のタイトルは「蝙蝠《こうもり》はこっそり深く息を吸う」だった。鳥と獣のあいだでどっちつかずの象徴のように言われる蝙蝠（だが生きもの好きとしては、分類上はどっちつかずではなく、れっきとした哺乳類であることも申し添えておかなければならない）に自分をなぞらえて、恋愛したさと恋愛したくなさのあいだで揺れる心情、そしてたまに訪れる深く息つぎができたと思える瞬間、について書きたかった。執筆陣に声をかけてくれた土屋遊さん、ハードな週刊連載を担当してくださった木村宣崇さん、ウェブ連載用のバナー画像を作ってくれたイラストレーターの熊野友紀子さん、ありがとうございました。おかげでこんな本ができました。

本にするにあたっては、恋愛に関するエッセイだとよりダイレクトに伝わるよう、「恋わずらい」と「わずらわしい」をかけた『こいわずらわしい』というタイトルにしてみた。穂村弘さん、デザイナーの服部一成さん、校正の谷内麻恵さん、前の二冊につづく三冊目の本をいっしょに作ってくれた編集者の田中祥子さん、ありがとうございます。

初出
WEBサイト「ナポレオン　一生モノのモテ理論」
「蝙蝠はこっそり深く息を吸う」2019年1月-6月

書き下ろし
2　好色について
5　サイチョウはBLの夢を見るか
　出会いは磯に落ちていた
　コロナの時代の愛
　丸太のようなもの

こいわずらわしい

2021年2月11日　第1版第1刷発行

著者　メレ山《やま》メレ子《こ》

発行所　株式会社亜紀書房
〒101-0051
東京都千代田区神田神保町1-32
TEL 03-5280-0261（代表）03-5280-0269（編集）
http://www.akishobo.com/
振替 00100-9-144037
印刷所　株式会社トライ
http://www.try-sky.com/

ISBN978-4-7505-1669-1　C0095
JASRAC 出 2007277-001